AF190067

Hathor

Von Martin Umbach

1. Auflage, 2017

© Martin Umbach – alle Rechte vorbehalten.

Martin Umbach

Artilleriestr. 5

80636 München

www.martinumbach.de

Herstellung und Verlag:

BoD - Books on Demand, Norderstedt

ISBN 978-3-7448-2992-2

Woher die Wut auf alles und jeden in einer Seele, die so zart und schönheitsmächtig ist?

Mitten in der schroffen Bergwüste der Halbinsel Sinai. Nach beschwerlicher Wanderung hat ein 60-jähriger Professor für Kunst und Kommunikation endlich den Platz gefunden, an dem er sterben will.
Er ist aus der heimischen Klinik geflohen, in der er wegen Lungenkrebs im Endstadium behandelt wurde. Hier, in der völligen Abgeschiedenheit und Stille der Wüste, möchte er "nicht vergehen wie Rauch, sondern verdunsten wie ein Tropfen auf heißem Stein..."
Eines Abends erscheint eine rätselhafte junge Frau an seinem Sterbelager. Erst jetzt beginnt die eigentliche Reise.

Martin Umbach, bekannter Film- und Fernsehschauspieler sowie Synchronsprecher, legt hier seine zweite literarische Arbeit vor.

I

Dies ist die letzte Dattel.

Ich drehe sie zwischen den Fingern und betrachte sie genau. Die braune, klebrig-glänzende Haut mit den länglichen Wülsten sieht aus wie die eines Insekts. Sie fühlt sich fest und zugleich weich an. Geruch hat sie keinen, aber das kann auch an meiner durch jahrzehntelanges Rauchen eingeschränkten Empfänglichkeit liegen. Sie hat ein eigentümliches Gewicht, federleicht und doch schwer von der Bedeutung, die sie für mich hat: Sie wird das letzte sein, was ich in diesem Leben esse. Vorsichtig lege ich sie zurück in den grün-transparenten Plastikbeutel, in dem ich sie zusammen mit ihren Schwestern hierher getragen habe. Ob manche von ihnen an der selben Palme gereift sind? – Ich weiß nicht für wann, aber ich spare sie mir noch auf.

Dies ist das letzte Wasser.

Es ist ebenfalls in Plastik eingesperrt. Vier der hässlichen Flaschen mit blauer Bauchbinde sind in meinem Rucksack drei davon leer, ich habe sie nicht zurückgelassen auf meinem Weg. Ich will die Wüste nicht verunstalten mit den Hinterlassenschaften des Durstigen, der hier nichts zu suchen hat außer dem Tod. Irgendwann wird sie wohl jemand finden, zusammen mit meinem Leichnam und den anderen Dingen, die ich bei

1

mir gehabt haben werde. Aber so ist es besser, sauberer. Auch könnten sie auf meine Spur führen und eine sinnlose Rettungsaktion auslösen. Alles das will ich vermeiden. Ich wünsche mir: dass erst in vielen Jahren zufällig jemand auf meine dann schon leergenagten, gebleichten Knochen und das wenige stößt, was sonst noch von mir bleibt.

Vier Flaschen à eineinhalb Liter sind nicht viel in der Wüste. Wenn man weniger als eine am Tag leert, beginnt man schon, gefährlich auszutrocknen. Der Kopf brummt, Schwindel setzt ein, die Schritte werden schwer, die Lippen springen auf. Und doch hab ich nicht mehr mitgenommen, denn länger hoffte ich nicht suchen zu müssen nach dem Ort, an dem ich bleiben könnte. Und jeder getrunkene Schluck bedeutet weniger Gewicht auf dem Rücken, ein gar nicht so kleines Bild für die ersehnte Erleichterung. Nun ist also nur noch ein guter Liter übrig. Wie gläubig man an diesen Maßeinheiten hängt, als wären sie nicht menschengemacht, also willkürlich, sondern sprächen eine ewige, sichere Sprache. Ich trinke jetzt die Hälfte, sag ich mir, und morgen den Rest. Beim Greifen um das erstaunlich kühle Plastik versuche ich, das Knacken zu vermeiden, eines der unzähligen widerlichen Geräusche, mit denen der weiße Mann die Welt verpestet hat. Es gelingt. Nur das Glucksen als ich die Flasche hebe, an den Mund setze und das Wasser in mich schütte, ist zu hören.

Heute habe ich den Platz gefunden. Ist es nicht gleichgültig, wo man stirbt? Ich habe heimlich beim morgendlichen Schichtwechsel die Klinik verlassen, bin mit dem Taxi zu einer Filiale meiner Bank gefahren, wo man mich nicht kennt, um das nötige Geld abzuheben, dann weiter zu meiner Wohnung, um den Pass und was ich sonst noch für unverzichtbar hielt in den Rucksack zu packen, die Flüge zu buchen ... Die Stunden bis zum Abflug waren besonders anstrengend, denn ich konnte ja nicht zu Hause bleiben, musste mich unauffindbar halten. Zum Glück hatte ich in der kleinen Emaildose, die mir Gesine vor fünf Jahren zum Geburtstag geschenkt hat, noch genügend Gras, um mich die verbleibende Zeit halbwegs schmerzfrei überstehen zu lassen. Sagen wir achtelswegs. Den Rauch in die verkrebste Lunge zu ziehen, war gar nicht leicht, aber nach so langer Übung und unter ausgiebigem Husten doch möglich. Ich hatte alles gepackt und erledigt, war hinreichend stoned und konnte mich doch nicht gleich von meiner Behausung lösen. Ich strich an den Bücherregalen entlang, als bestünde Hoffnung, dort Antworten auf irgendetwas zu finden, oder zumindest etwas wie Trost oder altes Behagen. Ich inspizierte meine Plattensammlung, legte versuchsweise Mozart, Arvo Pärt, Van Morrison und Art Blakey auf, brach aber jeweils nach ein paar Takten ab. Ich sah im Kühlschrank nach und fand dort ein steinhartes Stück Parmesan, eine Zucchini im grau-schwarzen Pelz und eine angebrochene Flasche Weißwein. Wann und aus welchem Anlass hatte ich die geöffnet (als hätte ich fürs Trinken Anlässe gebraucht!)? Das musste Wochen her sein, eher Monate. Der Blick durch die ungeputzten Fenster auf die Dächer der umliegenden Häuser – tausendfach vertraut, jetzt ohne Resonanz. Alles, die schönen Möbel, die Teppiche, die Bilder an den Wänden, die vielen kleinen und großen Gegenstände, die ich durch Erbschaft, Geschenk oder Kauf erworben und mit denen ich mir diese von mir allein bewohnte Lebensschatulle geschaffen hatte, von der jeder, der sie betrat, sofort entzückt war – alles das stand jetzt vor mir wie das Bild einer lange verflossenen Geliebten, auf deren Namen man beim besten Willen nicht mehr kommt. Schließlich rief ich ein Taxi, legte die Schlüssel auf die kleine Kommode neben der Eingangstür und zog sie von außen zu. Die restliche Zeit verbrachte ich am Flughafen.

Warum der Sinai und nicht der Amazonas? Und überhaupt: Warum der Tod? Und nicht das Leben? Warum ist keiner oder keine da, um mir die Hand zu halten, die Tränen der Erbitterung zu trocknen und mir zu sagen, dass alles einen Sinn hat? Was habe ich getan – mit mir und allen anderen? Für welche Untat räche ich mich (an wem?) mit dieser unsagbaren Einsamkeit, mit dem Entschluss, mich aus der Welt zu stehlen wie ein Dieb aus einem reichen Haus, mit dessen Schätzen er nichts anzufangen weiß und also wieder geht, mit leeren Händen? Wurde ich nicht geliebt? Und habe ich nicht, in irrer Erwartung eines noch Größeren, jede Liebe abgetan und kleingerieben zwischen den Steinen der Anspruchsgründe, sie dann verstreut in alle Winde als sei der Vorrat unerschöpflich? Woher die Wut auf alles und jeden in einer Seele, die so zart und schönheitsmächtig ist? Was hat mich krank gemacht? Warum bin ich allein? Was hat mich krank gemacht.

Ich weiß nicht, wieso mein Hirn mir gerade diese jüngste Aufbruch-Vergangenheit vorspielt, anstelle, meinethalben, des wohligen Gefühls, als Kind krank im Bett zu liegen und die sorgende Geschäftigkeit der Mutter zu spüren, ihre urvertraute Stimme und Nähe ... Denn schließlich, falls ich es vergessen haben sollte: Es geht ans Sterben und da, so hört und liest man, ist es die Mutter, an die man denkt.

Nun gut. Ich habe also den Platz gefunden, von dem ich mich nicht mehr aus eigener Kraft wegbewegen will. Die Sonne steht schon tief über dem zerklüfteten

Berg in meinem Rücken, an dessen Sandgestein Jahrtausende von Hitze und Kälte und Wind gearbeitet haben. Eine Düne aus feinstem rotem Sand hat sich fast bis auf halbe Höhe auf die eine Seite eines Einschnitts in seinem Hang geschmiegt. Oben ist ein höhlenartiger Felsüberhang, davor steht ein einzelner größerer Brocken. Beides wird mich ein wenig vor Wind und Sonne, letzterer auch vor fremden Blicken schützen. Wenn meine Spuren verweht sein werden, was allerdings ein paar Tage dauern kann, bin ich hier nicht zu entdecken. Da ich weder Holz noch genügend Wasser bei mir habe, werde ich nicht, wie an den vergangenen Abenden, Feuer für Tee machen, sodass auch kein Rauch mein Versteck verraten kann. Neben diesen praktischen Gesichtspunkten war auch die schiere Erschöpfung Grund für meine Wahl. Das und, vor allem, ein unbestimmtes Gefühl, endlich angekommen zu sein. Hier bin ich also mit schwerem Atem hinaufgestapft, hab mein Gepäck abgeworfen und mich gleich daneben.

Vor wie vielen Stunden das war? Meine Uhr hab ich dem örtlichen Beduinen-Scheich geschenkt, der mich vor drei Tagen in seinem nagelneuen Landcruiser ins Herz des Sinai gefahren hat. Er war hocherfreut über das Geschenk, denn schon für dir Fahrt, die Vorräte, das

Wasser und die paar Gramm des von ihm angebauten Grases gegen meine Schmerzen, das letzte hab ich gestern weggeraucht, hatte er eine wahrhaft astronomische Summe verlangt und widerspruchslos erhalten. Dass das, was er für das Geschäft des Jahres mit dem dümmsten weißen Trottel des Jahrzehnts halten musste, nur dazu diente, sein Misstrauen zu zerstreuen und meine wahren Absichten zu verschleiern, um zu verhindern, dass er sich für meinen weiteren Verbleib interessierte und zuständig fühlte, hat er wohl kaum geahnt. Ich hatte ihm, der für das Gebiet hier der Verantwortliche ist, zur Erklärung für meinen geringen Bedarf an Wasser und Nahrung die Geschichte einer Sinai-Durchquerung aufgetischt, die mich in wenigen Tagen aus seinem Herrschaftsbereich hinausführen würde. Das viele Geld und schließlich auch die Uhr (in einfachstem Englisch hatte ich ihm etwas von „der Tyrannei der Zeit entfliehen" vorschwadroniert und er hatte mit ernsthaftem Eifer so getan, als verstünde er, wovon ich sprach), scheinen den gewünschten Effekt gehabt zu haben: Seit ich dem davonröhrenden SUV nachgewunken habe, habe ich weder ihn, noch ein anderes Mitglied seines Stammes, noch überhaupt einen Menschen gesehen.

Der Berg, mein Todesberg, ist einer von vielen seinesgleichen, die still-bizarr das flache, langgestreckte Tal umstehen, in dem ich heute nach mühevoller Wanderung gelandet bin. In Schichten über Schichten aufgetürmt, die Flanken voller wüstem Geröll, das, wie alles hier, ständig die Farbe wechselt, erregen sie mit ihren hundertfältigen Strukturen die Einbildungskraft und lassen – wie in der Kindheit die Wolkenbildungen und Bettdeckenlandschaften – Gestalten, geheime Wege, Ahnungen von altem und frischen Schicksal in der Seele erstehen.

Die Wüste ist weiblich. Sie umfängt mich mit milder Hingabe. Sie betrachtet mich wie die beste der Mütter: mit sorgloser Sorge, mit stolzem Gleichmut, mit sanften, verstehenden Augen. Ihre Bewegung ist weich und fließend, sie trumpft nicht auf, ist sich selbst genug.

Ob die Beduinen, die hier seit Abergenerationen leben, für alles was sie ist, so viele Namen haben wie die Inuit für Schnee? Ob sie sie männlich, weiblich oder beides sehen?

Gesine fand, ich sei wissbegierig: Kaum eine Unterhaltung, von der ich nicht aufgesprungen wäre, um etwas nachzuschlagen. Und immer das Gefühl, mein Wissen verhielte sich zum Wissen wie das Sandkorn zur Düne. All die Sprachen, die ich so gerne hätte sprechen können. Die Baum- und Vogel- und Gesteinsarten. Die Strings und Quarks. Die Geschichte der afrikanischen Königreiche. Die geheimnisvollen Abteilungen und Funktionen des Gehirns. – Und was ich weiß? Fragmentiert, verstümmelt, vernebelt. Ach, diesen Durst hätte ich in dem einen Leben ja doch niemals stillen können! So wenig wie den des Körpers, wenn bald der letzte Tropfen Wasser getrunken ist.

Wie häufig mir dieses Wort seit dem Tag meiner Diagnose durch den Kopf hallt: DER LETZTE, DIE LETZTE, DAS LETZTE. Firsts und lasts seien die mächtigsten erzählerischen Mittel, hat mich jemand belehrt. Ich beginne zu ahne, was gemeint ist. Fast alles, und bald auch der Atem, ist jetzt ein last. – Wird das Sterben ein first sein? So wie der erste Schultag, der erste Kuss, der erste Erguss? - Die erste Zigarette?

Nein, mit Gewissheit erinnere ich mich nicht an sie. Ich glaube, es war eine „Krone" oder eine „Kurmark", irgendeine eine längst verdrängte Marke. Ich muss sie damals als Einschnitt, als Zuwachs erlebt haben. Und beides ist es ja nun auch geworden.

Aber was lässt sich über das Tabakrauchen sagen, was nicht schon tausend Mal gesagt worden ist, im Guten wie im Schlechten? Mir jedenfalls fällt nichts dazu ein und schon lange hat mich jedes Gespräch darüber tödlich gelangweilt. Ich habe geraucht, ich habe Lungenkrebs. Das ist alles.

Oder vielleicht doch nicht alles. Denn ich werde nicht daran sterben, ich werde nicht vergehen wie

9

Rauch. Ich werde verdunsten wie ein Tropfen auf heißem Stein, versickern, vertrocknen ... Das wünsche ich mir.

Und die Schmerzen? Schlecht zu beschreiben. – Ein brennender Dornbusch, der von den Flammen nie verzehrt wird. Von einer Bestie im Inneren zerfleischt werden. Ein Kriegsgeheul und ein Kampf mit Säbeln und Spießen. Ein Um- und Ein- und Ausstülpen. Ein innerlich gehäutet, gerädert und geviertelt werden. Geteert, gefedert, gesotten, ersäuft. So etwa. Eher unschön also. Auch weil man weiß: das hört nicht auf, das steigert sich noch bis zum Ende – von dem es heißt, es sei besonders qualvoll wie jeder Erstickungstod. Dem also – und dem ganzen medizinischen Irrsinn, der besoffen zwischen Allmachtsphantasien und totaler Hilflosigkeit hin und her taumelt – entziehe ich mir hier. – Ob verdursten so viel „schöner" ist, ich weiß es nicht. Aber es ist immerhin mein eigenes Verdursten, von mir gewählt, von mir herbeigeführt.

Und es ist hier. Im Herz der Stille. Und das ist schön.

Zum zweiten Mal schon besucht mich ein kleiner Vogel. Er ist lackschwarz mit weißem Unterbauch und weißer Kappe. Mit dünnen Beinchen hockt er auf einem Stein in meiner Nähe und wendet sein Köpfchen mit dem halmlangen schwarzen Schnabel ruckartig hin und her. Ab und zu zieht er wie im Tanz die Schultern hoch und zugleich den Kopf ein, als wollte er mich aufmuntern oder zu etwas auffordern. – Nun, mein kleiner Unbekannter (merkwürdig, ich habe keinen Wunsch zu wissen, wie er heißt und welcher Gattung er angehört), was kann das sein, das ich jetzt noch tun soll? So ruhig wie möglich hole ich die Tüte mit der Dattel hervor, entnehme sie, ziehe das Fruchtfleisch vom Kern und in zwei Hälften. Jetzt meine ich plötzlich doch, ihre Süße zu riechen. Vorsichtig strecke ich die Hand mit der einen Hälfte in Richtung meines Besuchers aus. Da fliegt er fort und kommt nicht wieder.

Und ich fange an zu weinen. Schlotternd vor Kälte und versengt von viehischem Schmerz will ich aufspringen, will losrennen unter dem leeren Himmel. Ich will zurück zu meinem Leben, will durch die Wüste rasen wie ein Feuersturm, ans Meer, ins Flugzeug, heim, nur heim. Will alle um Verzeihung bitten, Vater, Mutter, Bruder, Kinder, Frauen, Freunde, Feinde, Gott, den Teufel ... Es wird nur ein jämmerliches Straucheln, zwei, drei Schritte und ich brech zusammen. Zu spät. Für alles ist es jetzt zu spät. Röchelnd saug ich das bisschen Luft, das noch in meinen Lungen Platz hat, in mich ein. Mit letzter Kraft, am ganzen Körper bebend, nass von kaltem Schweiß, kriech ich auf allen Vieren zurück zu meinem Bündel, zerr den Schlafsack hervor, es gelingt mir, ihn zu öffnen und dieses Wrack von Körper, das ich bin, hineinzuzwängen. Ich liege nicht dort, wo ich es wollte, unter dem schützenden Felsvorsprung, sondern einfach auf der blanken Sandfläche. Die Hände umkrallen den unteren Saum der Kopföffnung und pressen ihn zitternd an mein Kinn, das haltlos auf und ab klappert, mein Schädel ist erfüllt vom Geräusch der aufeinanderschlagenden Zähne, ich fürchte, sie mir aus dem Kiefer zu brechen.

Unendlich langsam breitet sich der Rest von Wärme, der noch in mir ist, in der Daunenhülle aus, unendlich langsam kehrt Ruhe in das Knochenbündel ein. Ein erster Stern zeigt sich über dem Berg auf der anderen Seite des Tals. Es ist die Venus. Meine Augen haben Mühe, sie zu fokussieren, sie erscheint in die Breite gezogen, ja fast wie zwei dicht beieinander liegende Himmelskörper. Mein Hirn springt los wie auf eine lang belauerte Beute: Was weiß ich über Venus? Sie ist groß, sie ist schön, sie ist weiblich. Wenn mir nur einfiele jetzt, wo in der Reihe der Planeten sie steht, näher an der Sonne als unsere Erde oder doch weiter? Dann könnte ich, dann würde ich, dann wüsste ich ...

Nichts könnte ich, nichts wüsst ich dann. Es ist alles vollkommen gleichgültig. Das Universum ist stumm. Stumm wie die Wüste, in der ich liege. Es dreht und dehnt sich mit erhabener Sinnlosigkeit. Und mittendrin

– lässt mein rührend um meine Unterhaltung bemühter Geist mich wider besseres Wissen immer noch glauben –, genau im Zentrum dieses verfluchten Karussells bin ich und treib die Chose an mit meinen Wünschen, meiner Sehnsucht, meinen Schmerzen. Ekel breitet sich über alles. Über die tausend Gestirne, auf die der Blick jetzt frei wird, weil dieses Erdenklümpchen sich wieder einmal weiterdreht und den Ort, an dem ich zufällig bin, der Sonne abwendet, über meine ach so ergreifenden Erinnerungen, über die wenigen meiner Taten, von denen ich glaubte, sie seien selbstbestimmt gewesen, über die sogenannten Triumphe der Menschheit wie über ihre fortdauernde Dummheit und Grausamkeit, über die Liebe, den Hass, die Gier, die Zartheit, das ganze kotige, blasenwerfende Getue dieser Nichtse auf zwei Beinen, allem voran der Sex, das endlose Geschwänzel der Männer und Frauen hienieden um den Gott oder die Göttin des Fickens ... Wie vernichtend albern das alles ist! Wer sich das ausgedacht hat, gehört an den Pranger mit einem Schild um den Hals: Ich bin am Ort das größte Schwein, ich lass mich mit der „Schöpfung" ein! ... Von solchen matt-süßen Rachephantasien eingelullt schlafe ich ein.

Ich habe für kurze Zeit das Haus von in Deutschland lebenden, jetzt aber verreisten Japanern gemietet. Ver-

13

mittler ist ein mir unbekannter Freund dieser Familie. Seine Bereitschaft, mir das Haus zu überlassen, ist ebenso zögerlich wie die mir mitgegebenen Verhaltensregeln spärlich. Nach kurzem sind einige Freunde bei mir zu Gast, darunter Gesine und ihr erster Mann Heinrich. Wir lagern im Halbkreis auf dem Boden des Wohnzimmers, wobei Gesine und Heinrich nebeneinander sitzen. Ein anderer Gast bemerkt: „Na die zwei scheinen sich ja wieder gefunden zu haben!" Darauf Heinrich: „Ja, wir sind verliebt." Zur Demonstration küssen sie sich. Ich fordere beide in höchster Erregung auf, das Haus sofort zu verlassen.

Kurz danach, ich bin beim Packen, weil ich wegen der Teilnahme an einem Künstlerwettbewerb ausgerechnet nach Tokio reisen muss, sehe ich, wie Menschen sich der Eingangstüre nähern. Sie schließen auf und kommen herein. Es sind die eigentlichen Bewohner, die unerwartet früh zurückkehren. Sofort beginnen sie alle in seltsam schleppender Sprechweise meine Anwesenheit, meine Art des Umgangs mit ihrem Eigentum und meine Person überhaupt zu missbilligen. Ihr Verhalten ist aristokratisch arrogant. Trotz des Zeitdrucks, unter dem ich stehe, bleibe ich erst höflich und entschuldigend, spreche luftlos, als sei ich tatsächlich bei einem Unrecht ertappt worden. Schließlich aber wird es mir zuviel und ich verbitte mir mit makellosen

Sätzen eine solche herabwürdigende Behandlung. Das löst bei den asiatischen Vermietern nur gönnerhaften Spott aus.

Ich wache auf und weiß nicht, welche Empörung größer ist: die über den Liebesverrat, der im Traum an mir verübt wurde (und immer noch wird, so fühle ich bitter), oder über die Demütigung durch Eindringlinge in meinem Land, die mich als Eindringling sehen und verachten. Ich heule stumm vor Wut, ich schimpfe, rase, tobe, oder besser: ich bilde weiter makellose Sätze der Anklage gegen alle, die mich jemals kränkten, in deren glänzenden gewundenen Bahnen ich mich verliere, mein Herz pocht wie verrückt, ich will alles zerschlagen, endlich das endgültig ordnende Machtwort sprechen gegen alles Unrecht, das selbst erlittene, das selbst verübte und das fremde seit Anbeginn der Zeiten, schon dass ein sogenannter Gott Kains Opfer nicht annehmen wollte und ihn dadurch zum Brudermörder machte: reine Willkür, schreiendes Unrecht – da fällt mir ein, dass ich sterbe. Das tröstet mich. Ich schlafe ein.

Ich erwache von einem machtvollen Schlag gegen mein Herz, das wie ein Riesengong noch minutenlang nachklingt. Meine Brust ist weit wie seit Jahren nicht, der

Ton kleidet sie inwendig mit Gold aus. Über mir, bezwingend plastisch, die Sterne. Sie sind nicht mehr, wie vorher, durch schwarze Pappe gesteckte Lichterchen – sie sind Wesen und Wegmarken in einem Raum, dessen Tiefe und Ausdehnung mir den Atem nimmt. Ich fühle, wie ich auf dem Erdball liege und mit ihm durch das Unfassliche getragen werde. Es gibt kein Woher und Wohin, es gibt nur diese Reise. Ein Rätsel. Es muss nicht gelöst werden. Es ist die Fülle. Es ist die Leere. Es ist Seligkeit.

Ich spüre Tränen aus meinen Augen rinnen. Mein ganzes Sein ist Dank. Ich schlafe ein.

II

Ein zartes Flattern. Ein Trippeln. Ich öffne die Augen.

Mein Vögelchen hat die halbe Dattel, die ich achtlos fallen ließ, gefunden. Immer wieder nach allen Seiten sichernd, pickt es sich winzige Stückchen aus dem Leckerbissen, keine drei Schritte von meinem Kopf entfernt. Ich sehe die glänzenden Augen, die zierlichen Krallen, das Wunderwerk seines zweifarbigen Gefieders. Das ganze kleines Wesen strahlt Fröhlichkeit und Zufriedenheit aus.

Ich kann es sehen, weil der Tag anbricht. Über den östlichen Bergen haucht er Lila, Rosa, Orange an den Himmel. Venus strahlt noch in aller Pracht, der Rest des Sternenzaubermeers verlischt beim Hinsehen.

Mir ist schrecklich kalt, ich habe Durst, ich muss pinkeln. Ich mache eine Bewegung, um die Flasche mit dem restlichen Wasser zu greifen, mein Vögelchen erschrickt, es flattert auf, nicht ohne seine Beute mitzunehmen. Ich öffne den Schraubverschluss, ich trinke. Ich genieße die Kühle des Wassers, das meine Kehle herabrinnt.

Ich schließe die Augen. Wie soll ich pinkeln? Ich fühle mich zu schwach um aufzustehen. Mühsam zieh ich den Reißverschluss des Schlafsacks auf – noch so ein Geräusch, das nicht hierher gehört. Sofort fährt mir mehr Kälte in die Knochen. Ich huste. Schmerzen. Ich fingere am Gürtel meiner Hose, krieg ihn schließlich auf. Jetzt der Knopf. Jetzt dieser Reißverschluss. Ich hebe mein Becken und schiebe Hose und Unterhose ein Stück nach unten. Pause. Hab ich noch genügend Kraft, mich auf die Seite zu drehen? Ich will nicht in meiner Pisse sterben. Ich drehe mich auf die Seite. Ich fasse mein Glied und schiebe das Becken so weit vor, dass es, klein wie es jetzt ist, über den Rand des Schlafsacks hinausragt. Ich lasse den Urin laufen. Der Strahl ist erstaunlich klar und kräftig. Gut so. Warum gut so? Ich schüttle Tropfen ab und warte ein wenig. Ich bin in einem Mannesalter, in dem leicht was nachkommen kann. Alles wird vom Sand, dessen rötliche Färbung im ansteigenden Licht immer deutlicher wird, sofort verschluckt. Jetzt bin ich fertig. Auch diese erbärmliche Prozedur der Erleichterung wahrscheinlich, hoffentlich, ein last. Ich ziehe die Hosen wieder hoch, die äußere zu schließen scheint mir der Mühe nicht mehr wert. Aber den Schlafsack mach ich wieder zu.

Ich schaue in das immer strahlendere Blau über mir. Es zeigt bewegte Muster und Formen. Das ist sehr merkwürdig. Wie alles hier.

Ich, ein todkranker Kunstprofessor aus Karlsruhe, Anfang Fünfzig, zweimal geschieden, drei erwachsene

Kinder, halbwegs wohlhabend, Saab-Kombi vor der Tür, mit einer lebenslangen Neigung zu sogenannten Genussgiften, darunter Alkohol, Cannabisprodukte und – Überraschung! – Nikotin, zwei-, dreimal an der Schwelle dazu, mit seinen Arbeiten international wahrgenommen zu werden, halbwegs wissbegierig, das hatten wir schon, trotz (bis zur Erkrankung) unverwüstlichem „Bäuchlein" leidlich attraktiv, dieses Ich also, ich, ich, ich liege in der Wüste auf der Halbinsel Sinai, zwischen dem Golf von Suez und dem von Akaba, dort, wo einst Moses die Zehn Gebote empfing, dort, wo nichts ist außer einer Handvoll Beduinen und einem der größten Vorkommen von Stille auf dieser Erde – und warte auf meinen Tod. Ich wünschte, er würde sich beeilen. Ich schließe die Augen. Ich dämmere. Manchmal zuckt, wie ein fernes Wetterleuchten, der Gedanke auf: ich sterbe, gleich sterbe ich. Er lässt mich seltsam unberührt. Manchmal tauch ich ein wenig auf. Dann spüre ich die Hitze der Sonne auf dem Gesicht, in meinem Schlafsack. Auch darauf keine Reaktion mehr. So taub ist Sterben? Kein Ruf von Drüben von bereits Verschiedenen, kein Sich-Erheben über den Leichnam, kein Tunnel, kein Licht?

Wahrscheinlich bin ich einfach noch nicht tot.

Etwas berührt meinen Mund. Etwas drückt mir die Lippen auseinander. Etwas strömt in mich ein. Es muss

Wasser sein. Mechanisch schlucke ich. Lasst mich. Ich will nicht. Noch mehr Wasser. Eine Stimme murmelt. Menschliche Sprache. Ich verstehe nichts. Ich versinke.

Erneut dringt Flüssigkeit in meinen Mund. Diesmal ist sie heiß und kommt langsam, fast tropfenweise. Tee. Ich schlucke. Meine Augenlider öffnen sich einen Spalt. Es ist dunkel. Über mir, ganz ferne, ein Gesicht. Es flackert. Nein, es wird von etwas Flackerndem beleuchtet. Ich schließe die Augen.

Die Stimme murmelt. Sie summt. Eine nie gehörte und doch herzvertraute einfache Melodie. Es bildet sich ein Wort in mir: Heimat. Das Taube wird weich. Es gleitet auf den Tönen durch hohes Gras. Es kommt zum abendlichen Baum. Ein Feuer brennt und knistert. Heimat. Um mich und in mir: nichts als Heimat.

Ich spüre etwas auf der Wange. Es fühlt sich an wie feine Finger, die mich streicheln. Und da ist das Summen wieder. Es öffnet sich zu leisen Worten. Arabisch? Oder eine Sprache vor der Sprache? Egal, sing weiter, Stimme, streichelt weiter, Finger! Ich habe euch so lang vermisst! Ich will nicht wissen, zu wem ihr gehört, denn ihr gehört zu mir.

So fließ ich dahin jenseits der Zeit, am Rand des Todes oder drüber weg, was kümmert's mich, so könnt es ewig bleiben.

So bleibt es nicht. Etwas ist anders, etwas fehlt. Jemand fehlt. Mit einem holpernden Impuls wache ich auf. Da muss ich wohl geschlafen haben. Und bin noch immer nicht gestorben?

Es ist Tag, ich liege in meinem Schlafsack in der Wüste. Ich wende den Kopf nach rechts. Dabei geschehen drei Dinge gleichzeitig: Der Schmerz schieß in mich ein wie geschmolzener Stahl. Ich bemerke, dass ich nicht mehr wie vorher einfach weggeschmissen auf der Düne liege, sondern, vor der Sonne geschützt, unter dem Felsvorsprung. Und ich sehe eine verloschene Feuerstelle.

Ich ächze aus zerquetschter Brust, blicke wieder nach oben in den Himmel. Mein Geist ist klar, so scheint es. - Ich bin nicht tot, das steht fest. Das ist an sich schon verwunderlich, aber angesichts des fortgesetzten Schlachtens in meinem Körper auch enttäuschend. Ein Unbekannter – oder, dem Gefühl nach, das in mir noch Reste hinterlassen hat, eher eine Unbekannte – hat sich mir genähert, ein Feuer gemacht, mir zu trinken gegeben, hat gesummt, mich gestreichelt, hat mich umgelagert, ohne dass ich es bemerkte. Mitten in der Wüste. An einer Stelle, die nun wirklich nicht leicht zu finden ist. Und ist jetzt wieder weg. Das ist selbst für den klarsten Geist ein Brocken, schwer zu knacken. Nicht zu knacken. Verflucht, die Wasserflasche ist leer.

– Wollte ich nicht verdursten? – Aber vorher muss ich erst mal diesen grässlichen Durst löschen, jede Zelle, gesund oder krank, giert nach Wasser. Ich dreh den Kopf nach links. Da steht, direkt neben mir, eine geöffnete Konservendose mit arabischem Etikett. Wasser? Ich reiße mit erstaunlicher Energie den Schlafsackverschluss auf, rapple mich halb hoch und greife danach. Wirklich, in der Dose ist Wasser. In einem Zug trinke ich sie leer und sinke wieder hin.

Es ist, trotz des Schattens in dem ich liege, heiß, ich habe Schmerzen, ich bin allein, es ist alles wie es war und ich muss lachen. Ein feiner Aufschub! Ein hundsgemeiner, hinterhältiger, obendrein völlig unbegreiflicher Aufschub! Ein Glück, dass keiner dieses Lachen hört, es ist raspelnd und hässlich und endet in einem fürchterlichen Hustenanfall. Wer war die Person, die hier war? Ich versuche, mich zu erinnern. – Ein Gesicht. Ich kann keine Formen erkennen, aber sein Ausdruck ist - zärtlich. Das kann mir mein Gehirn nicht vorgegaukelt haben.

Es war eine Frau, muss eine Frau gewesen sein. So weich sind nur die Finger einer Frau. Die Stimme! Ich höre ihre Stimme wieder: weiblich. – Dieses Wesen kann mir keinen bösen Streich gespielt haben wollen. – Aber was dann? Ich habe kein Mittel, das Rätsel zu lösen.

Ich gebe auf und überlasse mich dem Nagen der Schmerzen und schließlich einem gnädigen Schlaf.

Stunden müssen vergangen sein, als ich wieder aufwache. Die Sonne steht weit hinter mir. Dieser ewige Wechsel zwischen Einschlafen und Aufwachen ödet mich an. Wozu das alles noch?

Ich muss pinkeln, schaffe es auf die gleiche Art wie – gestern? Vorgestern? Es geht mir sogar etwas leichter von der Hand.

Die gleichen Gedanken. Das gleiche ungelöste Rätsel meiner nächtlichen Helferin. Sie soll wiederkommen, verflucht! Sie soll jetzt auf der Stelle wiederkommen, mir Wasser geben, mich berühren, mir was vorsingen!

Es gelingt mir, mich halb aufzurichten. Mein Blick streift durchs Tal wie ein Netz durchs Meer. So konzentriert ich kann, suche ich das Gelände nach ihr ab, nach einer Bewegung, einem Zeichen. Sie muss kommen! Es kann unmöglich sein, dass sie einem Sterbenden erst hilft, um ihn dann wieder dieser Verlassenheit auszusetzen. Ich versuche mir vorzustellen, wer sie ist, aber meine Phantasie stößt an die immer gleichen Grenzen. Ich habe nur den Klang ihrer Stimme, die Sanftheit ihrer Berührung, das flackernde Gesicht.

Nichts regt sich. Nur ein sanfter Wind, der mir das Haar bewegt, mir wie ein Echo ihrer Finger über die

Wange streicht. Ansonsten, wie seit Tagen schon, vollkommene Stille. Sie ist nicht vollkommen, ich höre etwas. Aber was ich höre, kommt von mir: Mein dünner Atem – und vor allem etwas in meinem Kopf. Nicht, wie sonst, nur die Kakophonie meiner Gedanken, die ruhen sich gerade wohl etwas aus. Sondern links ein feines Pfeifen und rechts ein Brummen oder Dröhnen. Faszinierend. - Tinitus? Völlig egal, dahinter liegt die Stille. Ich lausche durch den Lärm hindurch wie nach einer wichtigen Botschaft.

Ich warte. Sie muss kommen. Sie wird kommen. Ich weiß es.

III

Gesine. Wenn wir getrunken hatten, was sie anfangs oft und gerne mit mir tat, verwandelten wir uns in Darsteller entweder in einem privaten Pornofilm oder in einer geheimnislosen Version von „Wer hat Angst vor Virginia Woolf?". Ich tat dann, als entlarve ich sie als verwöhnte Prinzessin aus reichem Hause, die immer Mittel fand, sich ihre Neigung zu Tagträumen von anderen bezahlen zu lassen. Sie ging mir im Gegenzug buchstäblich an die Gurgel und beschuldigte mich, nichts, aber auch gar nichts von ihr zu verstehen, ja, schlimmer noch, mich kein Stück für sie und ihre reine, unbedingte Liebe zu interessieren und dafür, dass sie immer nur gebe und gebe und gebe und niemals, von keinem, und schon gar nicht von mir, jemals etwas zurückbekomme. Daraus ging klar hervor, dass sie von mir und meiner reinen Liebe und meinem Geben nichts verstand. Das kränkte mich so, dass ich mir selber nicht mehr glaubte, jeden Mut zur Selbstbehauptung verlor, mir die nächste Zigarette drehte und mich verzagt beiseite legte. Das entfachte ihren Zorn noch mehr und sie stürmte, ein bleiche Furie, aus der Wohnung. Dann lag ich mit rasendem Herzen für Stunden wach, schlich am Morgen stark hustend zum Dienst und lugte verstohlen auf die Brüste meiner Studentinnen, die ich natürlich niemals und unter keinen Umständen berühren würde. Oder ich quälte sie mit retrospektiver Eifersucht. „Was hatte S. das ich nicht habe? War es seine Bosheit, die dich an ihn fesselte? Gewiss sehnst du dich zurück nach so viel leidenschaftlich schlechter Behandlung!" Immer neue Geständnisse entlockte ich ihr und war doch nie satt und zufrieden. Wenn wir nüchtern waren, was durchaus, wenn auch selten, vorkam, waren unsere Spiele weniger banal, oder wir trugen einfach nicht so dick auf. Und manchmal schenkten wir uns Köstliches. Der Sommer im Norden, als uns die Zeit abhanden kam, weil es so hell und still war, dass wir nur zu flüstern wagten; vielleicht hätten wir dort bleiben, uns von Barschen, Beeren und Rentierfleisch ernähren und im Winter einfach eng umschlungen unterm Bärenfell liegen bleiben sollen, bis der Frost nachlässt. - Der Tag, an dem ich unerreichbar im Farbenrausch psychotroper Pilze am Ufer der Spree lag und sie für Stunden einfach ruhig neben mir sitzen blieb, bis es vorbei war, ohne mir nachher Vorwürfe wegen ihrer verlorenen Zeit zu machen. - Und natürlich der Beginn: Dieser triumphale Aufbruch in ein Land, in dem alle alten Liebesschulden getilgt schienen, in dem nur Freiheit und Wunder wohnten, in dem es „überhaupt kein Nein" mehr gab. Wie sehr wir uns irrten! Wie viel Nein wir in uns trugen! Wie sehr wir das Gefühl, in dem wir schwelgten, überforderten, als wir glaubten, ihm allein alle Aufgaben übertragen zu können – vor allem die, uns von den Wunden zu heilen, die wir so verschämt und zugleich stolz mit uns führten. Wie wenig wir tatsächlich voneinander verstanden und zuerst nur das sahen, was wir sein könnten, um dann voller Entsetzen vor dem zu stehen, was wir waren: Verwirrt, gefangen, kleinmütig, bedürftig – und schon so oft gescheitert!

Auf dem Flug nach Kairo – zum letzten Mal die Alpen unter mir, dieses unterschätzte Rückgrat Europas, zum letzten Mal die nach Südosten ausgestreckte Hand des Peloponnes, zum letzten Mal Kreta, wo ich als junger Mann in der Samaria-Schlucht von blondgelockten Nachfahren der Dorer mit dem österlichen „chairete!", „freue dich!", begrüßt worden bin, ein Ratschlag, den ich nie recht beherzigt habe – auf dem Flug nach Kairo hab ich eine Liste von allen Frauen gemacht, mit denen ich geschlafen habe. Mit den fünf, die ich dafür bezahlt habe, kam ich auf einundzwanzig. Ich bin kein großer Freund von Zahlenmystik, aber das schien mir doch eine hübsche Chiffre. Es hat ziemlich lange gedauert, bis ich sie beisammen hatte, es gab einige Nachzüglerinnen in der Erinnerung, und der Verdacht bleibt, es könnten sich dort noch welche verborgen halten. - Auch gut wäre eine Liste der Lehrer, die ich hatte, der förderlichen wie der fürchterlichen.

Eine Liste der Freunde. Eine der Tiere. Eine Liste der Länder und Städte, die ich bereist habe. Eine Liste der Räusche. Eine der Bücher. Eine der Schritte. Eine der Atemzüge. – Aber ich sterbe, und keine Liste kann mir auch nur einen Moment zurückgeben.

Da ist sie.

Ich habe ihr Kommen vorausgespürt. Vielleicht besser: Mein Warten hat sich unmerklich verändert, ist, ohne aufzugeben, weniger brennend geworden. Oder noch besser: es ist fast ganz hineingestorben ins Lauschen nach der Stille. Ohne nachzudenken richte ich mich auf, und im selben Augenblick kommt sie, in der einsetzenden Dämmerung mehr zu ahnen als zu sehen, aus südlicher Richtung das Tal herauf, biegt in den Einschnitt in meinem Todesberg, steigt mit gleichmäßigen Schritten in meinen Spuren und wohl in ihren eigenen durch den schweren Sand die Düne herauf, eine dunkle, immer größer werdende Gestalt, kommt direkt auf mich zu, jetzt sehe ich, dass sie etwas mit sich trägt, sie erreicht die Anhöhe, auf der ich liege, ist nur noch Meter von mir entfernt, sie hat den Blick vor ihre Schritte gesenkt, unter dem großen schwarzen Tuch, das Haare und Schultern verbirgt und ihr bis zur Hüfte reicht, erkenne ich ein fast bodenlanges, dunkel-türkisfarbenes Kleid, sie trägt Sandalen an den nackten Füßen, zögert keinen Augenblick, kommt näher, legt

28

ihre Last ab, es ist ein Bündel trockenes Gestrüpp und Holz und auch ein Stoffbeutel, an ihren Handgelenken klimpern Goldreifen, sie löst die Schnur, die das Brennholz zusammenhält, legt von dem Reisiggestrüpp in die Feuerstelle der vergangenen Nacht, entzündet es mit einem Streichholz, legt, als es nach kurzem mit lautem Prasseln zu lodern beginnt, noch zwei kräftigere Stücke drauf, entnimmt ihrem Beutel ein geschwärzte Blechkanne, füllt aus einer Plastikflasche Wasser ein und aus einem kleineren Beutelchen etwas, das Tee sein muss, setzt die Kanne in der Feuerstelle auf drei Steine, die ich jetzt erst bemerke, so muss sie es gestern schon gemacht haben – und tut dies alles in einem vollkommen selbstverständlichen Fluss, ohne auch nur einmal abzusetzen, ohne mich nur einmal anzusehen.

Dann geht sie vor mir in die Hocke, gießt Wasser in die Blechdose, die bei mir steht, und reicht sie mir zum Trinken. Erst jetzt kann ich im Schein des Feuers ihr Gesicht genau erkennen. So wie der Gongschlag gegen mein Herz, als ich noch sterben wollte (wollte ich das?), trifft mich der Anblick ihrer alterslosen, fremdartigen Schönheit. Die goldbraune Haut umspannt die Stirn, die breiten Wangen und das kleine Kinn wie Seide. Die Nase ganz gerade, ihre weiten Flügel edel eingekerbt, die Lippen, von feinen Linien eingefasst, zu einem stillen Lächeln gewölbt. Die Augen mandelförmig, riesengroß, weit auseinander liegend. Aus denen sieht sie mich für einen Moment an und senkt den Blick dann wieder. Und ich empfinde nicht, dass das aus anerzogener Scham oder gar Unterwürfigkeit geschieht. Mein Herz beginnt zu rasen und was an Bewusstseinshelligkeit in mir gewesen sein mag, verwirrt sich.

Noch einmal hält sie mir die Blechdose mit dem Wasser hin, ich greife sie benommen und trinke in kleinen Schlucken. Jetzt entnimmt sie ihrem Beutel ein kleines Stück Stoff und breitet es auf einem flachen Stein aus. Es folgen eine Handvoll Datteln, die sie darauf ablegt, sowie zwei gefaltete Fladen dünnes Brot, ein Stück weißer Käse, eine Tomate. Ich esse alles auf – mit großem Appetit! Der, meinte ich, sei mir mit Beginn der Krankheit endgültig vergangen.

Dabei beobachte ich, wie sie sich am Feuer zu schaffen macht, aus ihrem Beutel, der unerschöpflich zu sein scheint, zwei kleine Trinkgläser holt, den Deckel der Kanne hebt, um zu prüfen, ob der Tee schon kocht und, als es soweit ist, noch Zucker zugibt, mit einem Stöckchen umrührt und die dampfende Flüssigkeit in die Gläser füllt. Jede ihrer Bewegungen ist nichts als zweckmäßig, ohne jede Zutat von Eitelkeit, Befangenheit oder Geltungsdrang, und gerade dadurch von einer

Anmut, die mich gefangen hält als wohnte ich einer tiefbedeutsamen Handlung bei.

Schließlich reicht sie mir eines der Teegläser und wieder blickt sie mir dabei für kurze Zeit in die Augen, als suchte sie darin etwas, vielleicht mein Einverständnis mit dieser ganz und gar einfachen und doch ganz und gar ungewöhnlichen Situation. Als wir beide getrunken haben, entnimmt sie ihrem Zauberbeutel eine kleine, flache Metallschale und ein Döschen mit Schraubverschluss. Mit einem Stock bugsiert sie etwas von der Glut, die sich im Feuer gebildet hat, auf die Schale, öffnet die Dose und streut ein wenig von dem Inhalt auf die rotglühenden Stücke. Sofort steigt Rauch auf, der nach edlem Harz und vielleicht noch anderem duftet. Sie hält die Schale so, dass mir der leichte Wind den Qualm direkt ins Gesicht trägt. Ich schließe die Augen und atme ihn ein, immer wieder und so tief es mein Gewächs erlaubt. Ich spüre, wie ein Anflug von Wohlsein sich in Bronchien und Lunge verbreitet, wie der Schmerz ein ganz klein wenig nachlässt.

Nachdem all dies geschehen ist, packt sie ihre Sachen wieder in den Beutel, hängt ihn sich um, deutet zum nachtschwarzen Himmel, gerade dorthin, wo Venus eben aufgegangen ist, dann auf meinen Ort hier, das soll wohl heißen, dass sie - morgen? - um dieselbe Zeit wiederkommt, und macht sich, ebenso bedächtig und lautlos wie sie gekommen ist, auf den Weg die Düne hinunter und ist nach kurzem schon von der Dunkelheit verschluckt. Und ich bin so alleine wie zuvor. Nur der Rest von Glut, die in der Feuerstelle leise knisternd glimmt, erinnert mich daran, dass jemand hier war.

Meine Nacht verstreicht erstaunlich ruhig. Ich habe Schmerzen, bin verwirrt und voller Fragen, weiß nicht, wie es weitergeht, falls es weitergeht, liege viele Stunden wach und unerlöst zwischen Himmel und Erde, versuche, mich an Gedichte und Gebete zu erinnern – Vierzehn Englein um mich steh'n – halte mir Gesichter von Menschen, die ich liebe, vor Augen, versinke in Traurigkeit und unbestimmter Sehnsucht – und bin zugleich erfüllt von einer Zufriedenheit, wie ich sie lange nicht gespürt habe.

Es muss noch weit vor Tagesanbruch sein, als ich aus dieser Ruhe aufgeschreckt werde. Ein eiskalter Wind kommt auf. Und mit ihm erscheinen neue Gäste an meinem Lager. Ich kann nicht erkennen, wie viele es sind, vielleicht nur vier, vielleicht auch zehn oder mehr. Es sind hohe Gestalten, größer als Menschen, gehüllt in bodenlange schwarze Umhänge, unter denen möglicherweise gar keine Körper stecken, Gesichter jedenfalls kann ich nicht ausmachen in der schwarzen Höhlung ihrer Kapuzen. Sie umstehen mich als Tatsachen und doch schwankend, wehend, tauschen untereinander ständig ihre Positionen. Mit unsichtbaren Augen blicken sie aus ihrer Höhe auf mich herab. Falls sie sprechen, kann ich sie nicht verstehen.

An ihrer Beschaffenheit gibt es keinen Zweifel. Ja, sie sind Schemen, gefügt aus einem Stoff, den ich nicht greifen oder gar verletzen könnte. Aber es sind nicht Ausgeburten meiner verängstigten Phantasie, keine Erzeugnisse wildgewordener chemischer Prozesse in den Tiefen meines Hirns. Sie sind so wirklich wie mein Bauch, der sich vor Furcht verkrampft, der Sand, auf dem ich liege und die dünne Wolkenschicht am Himmel, die aus den Sternen milchige Funzeln macht. Das Entsetzen, das sie mir einflößen, ist überwältigend real, ich stehe vor dem Sprung in nackte Panik. Ihre Absicht ist vom ersten Augenblick an klar: Es sind Abgesandte aus dem Totenreich, beauftragt, mich zu holen.

Mich zu holen? – Darauf hab ich augenblicklich und gleichzeitig zwei gleiche Antworten, die unterschiedlicher nicht sein könnten. Die eine ruft: Ja, holt mich, ihr Soldaten der anderen Welt, dazu sind wir ja schließlich hier! Es überrascht mich zwar, dass es auf diese Art geschieht, in so archaischer Besetzung, die ihre grauenvolle Wirkung auf mich nicht verfehlt. Aber wenn das Sterben, wenigstens für mich, eben doch keine Reise ins Licht, sondern eine Geisterbahnfahrt in die Vernichtung ist – ich bin bereit, mich durchrütteln zu lassen und bei jeder jähen Kurve laut zu kreischen vor Entsetzen! - Gerade in ihrer aus Angst und Not geborenen Lügenhaftigkeit liegt die Verführungskraft dieser Stimme, es ist die gleiche, die mich krank gemacht hat.

Die andere ist nicht weniger einverstanden mit dem, was geschieht, aber sie spricht ohne Jahrmarktsnachdruck, ganz leise und aus einem Etwas, das niemals, in keiner Dimension, gefährdet ist. Es hat keinen Namen, ist mir nicht sichtbar, leuchtet aus dem Hintergrund, ist nichts, tut nichts, ist alles, tut, schafft, trägt und umschließt alles, auch mich, auch diese langen Kerls, vor denen ich bis ins Mark erschaure, es ist ein Teil von mir und ich bin doch nichts als ein Stäubchen an seinem Saum, es bedeutet nichts, verspricht nichts und hält doch alles, ist mir gewogen wie das Meer der Welle.

Es ist die zweite Stimme, die schließlich, nach einer Zeit, für deren Länge ich kein Gefühl habe, siegt. Das zeigt sich, als die Schattenwesen nicht etwa aufhören zu existieren, aber das Interesse verloren zu haben scheinen, mir Schrecken einzujagen und, ohne sonderlich enttäuscht zu wirken, einfach weiterziehen in Gegenden, die mich nichts angehen.

Was mir bleibt, als der Spuk vorbei ist, ist eine Art bescheidener Heiterkeit, ich spüre wirklich ein Schmunzeln auf meinen Lippen, vielleicht ein Abglanz dessen, was man göttlichen Humor nennt. Ich lebe. Und das gefällt mir gut.

IV

Wann sind die freudvolle Ruhe, das Einverstandensein, die selbstverständliche Erwartung, dass alles in immer weitere Räume der Erfüllung führen würde – wann ist der Glaube aus meinem Leben verschwunden? Gab es den einen, traumatischen Anlass oder geschah es schleichend, durch Abnutzung? War es mein persönliches Versagen, dass ich früher so und später so empfand, oder ist es eben Menschenlos, in die Ernüchterung, in die Getrenntheit zu stürzen? Lohnt es sich, die Liste meines Lebens – unvollständig, wie sie bleiben müsste – anzulegen, um die unglücklich machenden Ereignisse herauszufiltern? Und wäre mit solcher Benennung auch nur ein Quäntchen des Friedens wiedergewonnen? Was an meinem Leben wäre bedeutsam genug, um es, indem ich es mir erzähle, hervorzuheben aus den Milliarden anderer Leben – außer dem Umstand, dass eben ich es war, der es gelebt hat? Kann aus der Selbstverliebtheit, der eigentümlichen Faszination, die ich auf mich ausübe, und die mich schließlich an diesen leichnamaften Erdenort geführt hat, wahre Liebe zu mir werden, wie ich sie auch für jedes andere Lebewesen empfinden sollte? Wozu Ereignisse – vielleicht auch nur vermeintliche, wer kann da sicher sein? – anführen, die der Beschreibung meines Lebenswegs den Charakter einer planvollen, zwingenden Geschichte verleihen sollen, wenn jede solche Geschichte nur der hilflose Versuch sein müsste, den Überdruss an mir – die Gegenseite des zwanghaften Selbstgenusses – zu mildern und mir das Gefühl zu geben, mein Dasein habe irgendeine Bedeutung? Schon beim Gedanken daran, mir noch einmal vorzuführen, wo ich wann welchen Eltern geboren wurde, wie meine schulische und künstlerische Laufbahn war, mit welcher Frau ich welchen Liebeskampf gefochten, wie ich sie alle verloren habe, und den ganzen Rest dieser unüberblickbaren Reihe von Tagen, befiel mich zuletzt nur noch tiefe Erschöpfung. Dabei waren mir früher Geschichten jeder Art und gerade solche über Menschen, die wirklich gelebt haben, immer willkommene Kost gewesen. Anfang, Mitte und Ende und was diese drei verbindet, waren Tröstungen im Fluss der Dinge gewesen, Verheißungen eines erschütternden und gerade dadurch gründlich tragenden Sinns. Die klaren, gläubigen Tage meiner Kinderzeit waren nicht nur darum klar und gläubig, weil sie ganz gegenwärtig, sondern weil sie zugleich eingebettet in eine glänzend gebaute, in die Zukunft strahlende Geschichte waren. - Die Wahl, hierher zu kommen, um zu sterben, ist nicht nur aus Scham und Feigheit, aus Angst und Eitelkeit geboren, nein. Es ist darin auch die ungestillte Sehnsucht nach der einen großen Erzählung meines Lebens, die so vielversprechend begonnen wurde und deren Faden ich irgendwann verloren zu haben scheine.

Hab ich tatsächlich, wie manche Philosophie es lehrt, meine ganze zerrissene Lebensgestalt selbst geschaffen; hab ich also eine echte Wahl gehabt und sie nur falsch getroffen? Oder geschah dieses Leben wie die Gezeiten kommen, der Himmel sich bewölkt, die Planeten kreisen – ohne mein Zutun, und mir bleibt nichts als entschiedenes Erschlaffen? Wäre das erste wahr, dann hätte ich auch jetzt die Wahl, dann könnte – und müsste! – ich auch jetzt noch etwas tun und berichtigen. Im andern Fall wäre jedes Tun ganz sinnlos, gar nicht möglich; gerade so als würde mein Vögelchen davon träumen, nicht mehr schwarz-weiß, sondern buntfarbig zu sein und sich dafür verachten, dass es sich nicht genügend für diese Wandlung ins Zeug legt.

Jetzt ist diese in jeder Hinsicht fremde Frau erschienen, hat mein Leben noch ein wenig verlängert, scheint vorzuhaben, dies noch weiter zu tun, und fügt ihm damit, wenn auch wohl kein neues Kapitel, so doch eine unerwartete Coda hinzu, die bereits jetzt so kraftvoll ist, dass alte Wünsche, Hoffnungen, ja sogar der alte Glaube sich wieder regen wie nach schwerer Betäubung. Aber wie kann das sein, denn in jeder Hinsicht fremd, das ist sie.

Ich weiß nicht viel über die Kultur, die Sitten und Gebräuche der Beduinen, zu denen ich sie als einzig Mögliches rechnen muss. Aber was ich von diesem so kleinen wie weit verbreiteten Volk (oder ist es eher eine Lebensform?) weiß, macht diese Frau und ihr Erscheinen an meinem Totenlager noch unwahrscheinlicher.

Arabische Nomadenstämme mit alttestamentarischem Werte- und Sozialsystem, in dem die Männer in herzlicher Bruderschaft (und dazu gehörigen Kämpfen um Rang und Status) ihren Besitz verwalten und mehren, zu dem, neben Kamelen, Schafen und Ziegen, auch die Frauen gehören. – Die sind beschnitten, was bedeutet, dass ihnen schon im Kindesalter die Klitoris, der dem männlichen Penis entsprechende, empfindungs- und lustspendende Teil des weiblichen Geschlechts – meist von älteren Frauen! – in einer lang ersehnten und befürchteten, grässlich schmerzhaften, kultisch überhöhten, blutigen Prozedur mit primitivsten Mitteln rausgeschlachtet wird. Der Akt als solcher ist an Grausamkeit kaum zu überbieten, die Folgen sind noch schlimmer. Niemals erfahren diese Frauen den vollen Segen, die Ekstase und die umwälzende Kraft der sexuellen Erfüllung. Diese Potenz der Frau: mit ihrer Lust für einen ewigen Augenblick alle Grenzen zu

sprengen, die Verschmelzung der Urpole unserer geteil-
ten Welt herbeizulieben dass die Wüste wackelt, diese
weibliche Macht löst so viel Angst aus (und nicht nur
bei den Männern; schließlich ist es Frauensache, das
Mädchen mit Geschichten von zu monströser Penis-
länge wachsender Klitoris, mit all den Schrecken ent-
fesselter weiblicher Lust auf die Operation vorzuberei-
ten und sie dann durchzuführen als Akt der Aufnahme
in die Gemeinschaft der Gereinigten), die Weiblichkeit
als solche also löst so viel Angst aus, dass der fleisch-
fressenden Pflanze die Knospe schon vor der Blüte
gekappt wird.

Ich würde gerne wissen, was mit dem Rest geschieht.
Nachdem die zuständige Geschlechtsgenossin zwischen
den Schenkeln der Jungfrau deren Schamlippen
gespreizt, das rostige Rasiermesser an den Kern der
Weiblichkeit gelegt und, je nach Vermögen, unter-
schiedlich große Brocken Frauenfleisch herausgesäbelt
hat – wo geht es hin, das Fleisch? Hat man ein Ritual
dafür erfunden? Wird es mit perversem Kultverständnis
und unter Einsatz von Gebet und Weihrauch feierlich
bestattet? Wird es gegessen? In ein güldenes Kästchen
gelegt? Oder fliegt es, wie der Abfall nach der Schlach-
tung eines Hammels, unbeachtet in den Wadi hinterm
Haus, in dem man auch seine Notdurft verrichtet, ein

Stückchen Paradies allenfalls für die Füchse zwischen alten und frischen Kothaufen?

Da ist nicht alles. „Natürlich" werden Brust und Scham und Bein und Arm und Hals und Bauch der Frau verhüllt. Verhüllt (und nicht verschleiert, wie ein dummes Wort es nennt; es sind nicht Schleier, sondern solide, blickdichte Tücher, die zum Einsatz kommen) wird aber auch der Mund, das Echo der Spalte zwischen den Beinen, vielleicht auch ihr Vorbild, weich, lockend, köstlich, unberechenbar. Die Zunge zu entfernen, wäre konsequent, man tut es nicht, man duldet das lebenslange Keifen, das diesem oberen Loch entströmt, den Streit und Hader, den das Weib im Haus entfacht und unterhält wie ein ewiges, heiliges Feuer, vielleicht meint man, den amputierten Dämon der weiblichen Geschlechtlichkeit durch dieses Sühnopfer besänftigen zu können, ich weiß es nicht, in diese Windungen des Wahns kann ich, der wahrlich nicht arm an Wahn ist, ihnen nicht folgen.

Und noch weiter: Der Bewegungsradius der Frau wird auf ein Minimum beschränkt. Das konnte man auch anderswo: die faulenden, stinkenden, in den Knochen zerquetschten lieblichen Lotosfüßchen im fernen China, auf denen jedes Ausschreiten, geschweige denn ein selbstbewusstes, unmöglich war, kunstfertig – und wiederum durch Frauen selbst – in jahrelanger, hinge-

bungsvoller Quälarbeit den Frauenbeinen unten ange-
klumpt, sie zu trippelnden, kindhaften Zierlichkeits-
monstern verniedlichend – was waren sie anderes, als
der gelungene Versuch, sich jederzeit verfügbare
Gebärerinnen von Söhnen zu schaffen? Dort allerdings
geschah es unter dem Vorwand höchster Verfeinerung
der Lebensart und die Frauen wetteiferten darum,
wessen Krüppelfuß im Schuh mit der hübschesten
Bestickung steckte. Hier wäre das: Sieh her Schwester,
meine Vagina ist gar köstlich verstümmelt, da kann
dein stümperhaft verheertes Loch nicht mithalten! –
Nein, das Problem des Regiments über die schiere
Bewegung im Raume ist hier nicht operativ, sondern
mit anderen, nicht minder wirksamen Machtmitteln
gelöst. Diese durchschaue ich nicht. Ergebnis aber ist,
dass die Bedu-Frauen in rohbauhässlichen, zierratlosen
Häusern hocken, spinnen, weben, Schmuck herstellen,
Zigaretten rauchen, Tee trinken, die Kinder versorgen,
ihre Nebenfrauen und ihre Männer beschimpfen, darin
das Ventil für die Kränkung über all das Abgeschnit-
tene, endgültig Ausgerottete ihres Wesens finden und
dieses nur halbe Leben für das von Gott oder der Natur
gegebene halten, sich, in häuslich-isolierten Maßen
rebellierend, ihm doch fügen und so auf Beduinenweise
dazu beitragen, dass der Gang der Menschheit seinen
schleppenden, quälend langsamen Charakter behält.

Ein letztes Wissensfragment: Einer Bedu-Frau ist es bei Strafe sozialer Ächtung untersagt, einem Mann, auch ihrem eigenen, in die Augen zu sehen. Wahrscheinlich wird die darin liegende Intimität schon als Vorhof für Unzucht und Hurerei gesehen. Im übrigen gilt das auch umgekehrt: Der stolze Sohn der Wüste, der beständig durch endlose Weiten mäandert, der Überlebenskünstler in Sand und Fels und Sonnenglast und Sternenkälte, der herzlich plappernde und kunstlos singende Beduinenmann – auch ihm ist es verboten, in die Augen einer Frau zu sehen.

Warum ausgerechnet hier, in dieser Dürre, dieser Weite, das Element des Feuchten, Sprießenden bekämpft wird, als müsse man mit allen Mitteln einen Urwald eindämmen, der einen engen Lebensraum mit geiler Überwucherung bedroht – ich weiß es nicht.

Die Frau, die bei mir war, war unverschleiert, alleine unterwegs und hat mir zweimal einen tiefen Blick geschenkt. Vielleicht ist alles falsch oder unvollständig, was ich von der Beduinenwelt zu wissen meine. Vielleicht ist sie auch keine Beduinin. Was immer es sei: sie ist in diesem Tal, auf meiner Düne, eine genauso unmögliche Erscheinung wie ich selbst. Uns beide dürfte es nicht geben hier.

Wieder kommt als sanfte Überwältigung ein Tag über die Wüste. Diesmal mit starkem Wind und Faserwolken, von unten weich beleuchtet. Ich versuche, zu bestimmen, wie viele Tagesanbrüche es schon waren, die ich hier auf meinem Dünenhochaltar gesehen habe. Es gelingt mir nicht.

Noch immer schlagen Wellen der Wut über mir zusammen - auf mich, auf alle, die mir übel taten, auf die Einrichtung der Menschenwelt mit ihrer Blindheit, Gier, Zerstörungslust und Dummheit. Noch immer versinke ich in Traurigkeit und Wehmut über das geringe Maß an Liebe, das ich geben konnte. Noch immer schmerzen mich meine Bequemlichkeit, meine Feigheit, meine Süchtigkeit, meine Ohnmacht. Und noch immer sterbe ich.

Und doch ist manches anders. Der Dschungel des Vergangenen verliert langsam seine Farbenpracht, die mich lockt und zwingt, in immer neuen Expeditionen seinen Artenreichtum zu erforschen, als könnte schließlich irgendwo in seinem Innersten das Zaubermittel gefunden werden, das mich mit einem Schlag endgültig frei macht. Es ist, als würde die Wüste, in der nichts wuchert, in der in aller Stille alles einfach da ist so wie es ist, mit ihrer gewaltlosen Wucht der Gegenwart Gewicht verleihen, nicht tröstend, nicht verheißend, eine Welt vor dem scheidenden Schöpferwort oder nach seinem letzten Ende.

Ich beginne, mich in diesem allem enthobenen Zustand einzurichten, als wäre er jetzt eben meine neue Lebensform. Gestern hab ich es geschafft, aufzustehen und ein paar Schritte weiter das geringfügige Ergebnis meiner Verdauung zu lassen. Natürlich hab ich es mit Sand und einem flachen Stein bedeckt, hier ist ja jetzt mein Heim, das hält man sauber. Mein Heim, in dem sich schon ein Gestern und eine weitere unbestimmte Menge von Vergangenheit gesammelt hat. Warum soll nicht ein Morgen und noch eines und dann noch eins folgen?

Vielleicht ist es dann so: Ich liege hier, das bisschen Leben nicht von teuren Apparaten und hochdosierten Mitteln unterhalten, sondern von einer unbekannten, sicher bitterarmen Frau, die manchmal kommt und mich mit Wasser, Nahrung und Melodien versorgt, mir wohltuenden Rauch zu atmen gibt und sich dann wieder auflöst in der Wüste. Ansonsten würde ich immer stiller werden, bis ich schließlich ganz mit meiner Umgebung verschmelze, selbst Stein, Sand, Wind, Stern und Mond geworden. Denn etwas, was man der Wüste nachsagt, hat bereits begonnen, seine Wirkung zu entfalten: Die Zeit verliert ihre Qualität des Zwingenden. Als könnte sie im Raum hin- und herwehen, große, unbestimmte Flächen, dann wieder dünne Fäden bilden, sich zu gewaltigen Gebäuden türmen und im nächsten Moment erschöpft im Sand versickern. Meine noch vor kurzem so schnell heißlaufende Denkmaschine, die unentwegt nach Zufuhr von neuem Brennstoff rief, um ihn dann in wütender Geschäftigkeit zu verbrauchen, und dabei doch kaum mehr als neuronales Treibhausgas hervorbrachte – sie scheint bereit, sich mit immer weniger Nahrung zu begnügen. Der betäubend polyphone Chor der inneren Stimmen singt noch immer ohne Dirigent, aber mit viel weniger Enthusiasmus, hat schon einiges von seinem missionarischen Furor eingebüßt, wirkt matt und lustlos, leistet nur noch Dienst nach Vorschrift, will lieber heim zu Frau und Kindern und dort in aller Ruhe seine wohlverdiente Pension verzehren. Ich bin ein alter Mann auf seinem Sterbebett. Mal heule ich, mal lächle ich, mal verwirrt mein körperlicher Schmerz mich bis zur Bewusstseinskapitulation, mal bin ich wieder klarer ...

Ob ich nun heute oder morgen sterbe, was liegt daran? Es gibt nichts mehr, was mich zum Kampf ums Überleben anstachelt; es gibt auch keine Eile mehr, dem sogenannten Jammertal so rasch wie möglich zu entfliehen.

So liege ich und lass den Tag verstreichen.

Erst langsam, dann mit plötzlich anspringender Deutlichkeit erinnere ich mich an den Traum, den ich hatte, nachdem die Dunkelschergen sich verzogen hatten. In tiefer Nacht nähere ich mich einem Tempelbezirk. Vielstimmiger weiblicher Gesang, rhythmisches Klatschen und das warme Licht von Fackeln empfangen mich, als ich auf einen freien Platz zwischen leuchtend bemalten großen Steingebäuden trete. Eine Gruppe von sicher fünfzig Frauen ist dort in einem engen Kreis versammelt, sie wiegen sich im Takt ihrer klatschenden Hände, ihre Stimmen bauen einen Dom aus Klang, der mich gewaltig anzieht. Die Frauen haben dunkle Haut, sie tragen eine mir völlig unbekannte Tracht: weiße Röcke, die in präzisen steifen Falten bis zum Boden fallen, die Oberkörper nackt, mit roten, weißen und ockerfarbenen Linien bemalt. Ihr strenger Kopfputz erinnert an Perücken. Der Gesang wird drängender, da öffnet sich der Kreis vor mir und ich sehe, dass in seiner Mitte ein Altar steht, ganz von Tierfellen bedeckt. Um ihn große Kupferbecken, aus denen dichter, berauschender Rauch aufsteigt. Mir wird klar, dass das alles hier irgendwie mir gilt. Etwas, vielleicht ich selber, soll geopfert werden. Eine Frau tritt aus dem Hintergrund hervor und kommt auf mich zu. Ihr Gesicht wird von den Fackeln wild beleuchtet, ich sehe zwei weit auseinander liegende Augen. - Es ist der Blick meiner geheimnisvollen Retterin. Sie streckt mir beide Hände hin, ich nehme sie, sie führt mich zum Altar, der Kreis schließt sich hinter uns. Sechs weitere Frauen nähern sich, streifen uns in einer einzigen, mühelosen Bewegung die Kleider ab, je drei heben uns, als hätten wir kein Gewicht, auf den steinernen Opfertisch. Die Felle sind weich und empfangend, der Klangdom umhüllt mich wie ein Mutterleib, ich fühle, wie ich in die Unbekannte einsinke. Alles geschieht mit süßer Notwendigkeit und doch bin ich verärgert über die Passivität, mit der ich es geschehen lasse; ich bin ganz anwesend, nur meinen eigenen Willen habe ich nicht mitgebracht.

Verglichen mit der Wirklichkeit ein seltsam geradliniger Traum. Oder ist es etwa wahrscheinlicher, dass mitten in der Wüste eine einzelne Nomaden-Frau einen sterbenden weißen Mann findet und sich seiner annimmt, als dass ich dieser Frau als Priesterin begegne und ihr in einem erotischen Kult meine Männlichkeit opfere? Nein, ist es nicht.

Wie hat sie mich gefunden? Warum hat sie mich versorgt? Wie wusste sie, dass ich am Atem krank bin und wieso hatte sie das Mittel bei sich, meine Not zu lindern? Und könnte sie mich sogar heilen? Vollkommen abwegiger Gedanke natürlich, meine Lunge war auf der letzten CT nur noch ein ungegliederter Klumpen, so etwas bildet sich nicht zurück, das leuchtet jedem Trottel ein. Und doch ...

Noch viel verrückter als die Hoffnung auf eine wunderbare Krebsheilung ist der Wunsch, sie zu besitzen. Ich habe vielleicht noch ein, zwei Tage zu leben, an eine Erektion war schon seit Monaten nicht zu denken, und träume von Sex mit einer völlig Fremden aus einer primitiven Kultur. Wahrscheinlich nur ein weiterer Streich, den mir der unausweichliche Abschied von aller Leiblichkeit und aller Liebe spielt. Aber wieso nicht träumen? Ich gebe mich den Phantasien hin solange sie es wollen und solang es geht, was weiß denn ich vom korrekten Sterben und was dabei erlaubt ist und was nicht?

Und als sie dann tatsächlich wiederkommt, steht nicht, wie ich aus ihrer Abschiedsgeste verstanden hatte, Venus am bereits dunklen Nachthimmel, es ist noch heller Tag und wieder ein Augenblick, als ich das Warten vergessen habe und mich auch sonst nichts bewegt als mein dünner Atem.

Sie steigt mit der gleichen Ruhe durch den Sand herauf, trägt den gleichen schwarzen Umhang und das gleiche Bündel wie zuvor, hält ihren Blick gesenkt - und strahlt doch einen Vorwärtsdrang, eine Entschlossenheit aus, die mich ängstigen. Sie kommt mir plötzlich nicht mehr vor wie die Erlöserin aus aller Einsamkeit, die Tempelhure, die Erretterin aus Krankheit und sicherem Tod, sondern wie eine Schwester jener Burschen aus der Unterwelt, die jetzt gekommen ist, das Werk der Brüder zu vollenden.

Sie tritt zu mir heran. Ich will ihr zunicken, sie anlächeln um sie zu zähmen, aber da sie mich nicht ansieht, bleibt meine Geste stecken. Es folgt der schon bekannte Ablauf, bei dem ich sie mit anwachsender Furcht beobachte. Sie stellt mir Wasser und Nahrung hin, macht Feuer, bereitet Tee zu, füllt glühende Holzkohle in die flache Schale, und erst als mir daraus wieder der erleichternde Rauch in Mund und Nase dringt, blickt sie mir in die Augen.

Ich finde nicht das eine Wort für das, was ich dort sehe, aus so Widersprüchlichem scheint es zu bestehen. Da ist ganz unverhüllte weibliche Verlockung gleich neben priesterlichem Ernst, da ist das freundliche Verstehen einer Mutter neben schwerer Sorge – vielleicht um Eigenes? Vor allem aber ist da ein Entschluss, zu handeln, dessen Unerschütterlichkeit mir erneut Angst einjagt. Vielleicht interpretiere ich schon wieder einmal alles im Verhalten einer Frau falsch und ihre Fürsorglichkeit ist nichts als das unverständliche Vorspiel dazu, gleich einen Dolch hervorzuziehen, mich abzustechen um sich mit meiner unbeträchtlichen Habe davon zu machen.

Während ich trotz dieser Befürchtungen dankbar den Rauch einatme, fängt sie an zu sprechen.

Meine Kenntnisse des Arabischen, geschweige seiner vielen Dialekte, sind praktisch Null. Dem Klang nach kann ich es von anderen mir unbekannten Sprachen leidlich unterscheiden, aber auch da kann ich mir nicht sicher sein; ich habe schon manchen Polen, den ich wegen seiner Sprache für einen Russen hielt, damit beleidigt. Aber das hier klingt so gar nicht wie das, was ich in Tunis, Kairo oder Sharm-el-Sheikh gehört habe, dass ich beschließe, es mit etwas ganz anderem zu tun zu haben. Nur, was kann das sein? Ich weiß, dass die Beduinen Arabisch sprechen. Heißt das, dass sie eben doch nicht diesem Volk angehört? Das wiederum scheint völlig ausgeschlossen: Auf dem Sinai leben nur Bedus und zugezogene Ägypter, die auf dem östlichen Küstenstreifen ihren Teil an der hysterisch wachsenden Tourismusernte einfahren, dann eine Handvoll Westler, die ein globales Schicksal als Tauchlehrer, Hotel-Executives oder Selbstfindungsgurus hierher verschlagen hat und eine weitere Handvoll Mönche, die im abgelegenen Katharinenkloster seit unzähligen Jahrhunderten eine ebenso abgelegene Form der christlichen Orthodoxie am Leben halten. Und dann natürlich das amorphe Gewicht der unzähligen Besucher, die jährlich aus aller Welt hier abgeladen werden. Zu den letzten Gruppen kann sie nicht, zu den ersten beiden scheint sie nicht zu gehören.

Ich stelle meine fruchtlosen Spekulationen ein und lausche nur noch ihrer Stimme. Sie ist sanft und eindringlich und ihre Tönung hat wieder die gleiche Wirkung auf mich wie als sie sang. Ich entspanne mich und lasse mich von ihr davontragen wie ein leichtes Boot von freundlicher Strömung. Als sie zu Ende ist – ich weiß nicht, wie lange ihre Rede dauerte – lächelt sie mich wieder an wie ich es schon von ihr kenne: Einverständnis erfragend und ermunternd. Zuerst verzieh ich mein Gesicht zu einer bedauernden Grimasse des Nichtverstehens, dann wird mir klar, dass diese Reaktion nicht passt: Auch wenn ich nicht in der Lage bin, nur das kleinste von dem, was sie geäußert hat, in meine Worte zu übersetzen, weiß ich genau, was sie von mir erwartet, und bin deshalb kaum überrascht, als sie mit Sand die Glut des Feuers löscht, die Steine, mit denen es eingefasst war, weit verstreut, ihre Utensilien in ihren Beutel steckt, den fremden, meinen Rucksack heranzieht und das wenige, was von meinen Sachen herumliegt, darin verstaut. Ich überrasch mich selber kaum, als ich schon währenddessen aus dem Schlafsack krieche, mich erhebe, die Schuhe anziehe (wann hab ich die abgelegt?), den Schlafsack zusammenrolle, erst in seine Nylonhülle und dann in den Rucksack stopfe und, nach dieser Arbeit, mit leichtem Schwindel von der ungewohnten Vertikale, aber zu allem bereit, vor ihr stehe. Zuletzt greift sie auch mein Gepäck, lädt es sich auf und lächelt jetzt so offen glücklich, als habe ich ihr ein reiches Geschenk gemacht.

Und so ziehen sie denn los, die beiden - kurz, wie zum Abschied, von meinem schwarz-weißen Freund umflattert - , ein wahrhaft seltsames Paar: die immer rätselhaftere Frau der Wüste vorneweg, der für unbestimmte Zeit zum zweiten Mal vom Totenlager aufgestandene Professor für Kunst und Kommunikation aus Baden hinterdrein.

Ich muss so über ihn sprechen, weil er ich ist aber gar nicht ich. Er ist ein brüchiger, schon gebrochener Faden, er ist noch nicht einmal die Rücknahme einer Behauptung, er ist ein schwereloses Ding, das sein Tonnengewicht durch die Wüste trägt, er folgt – gegen alles, was die Natur, seine Absicht und auch sonst jede Wahrscheinlichkeit erwarten lassen – der Nicht-Beduinin hinunter von der Düne. The Living Dead.

Das bin ich.

V

Es ist ein Wunder.

Natürlich kann ich nicht ins Innere meiner Lunge sehen. Aber so vital und unbesiegbar wie ich mich fühle, muss der Krebs verschwunden sein. Ich atme voll und frei und ohne Schmerzen. Obwohl die Nahrung karg und äußerst einfach blieb, habe ich zugenommen – meinen Gürtel muss ich schon zwei Löcher weiter schnallen! Und eben bin ich aus tiefem, erholsamem Nachtschlaf mit einer Erektion erwacht, die so hart ist, dass es wehtut. Der Regen hat mich aufgeweckt, ein Regen wie ich ihn noch nie erlebt habe. Ich liege geschützt im Trockenen, aber draußen stürzen von einem Augenblick zum anderen Wassermassen nieder, als seien alle Schleusen eines Stausees auf einmal geöffnet worden. In wilden Fontänen prallen sie von den Felsen ab, vereinigen sich zu reißenden Bächen, rasen, zu einem Fluss angeschwollen, weiter zu Tal und ihr Lärm wird durch das Poltern der Steine verstärkt, die sie auf ihrem Weg durch die Klamm gewaltsam vor sich her treiben. Ich muss an Noah und seinen Bund mit dem strafenden Hebräergott denken, aber auch an die effektvolle Behauptung, es seien in der Wüste schon mehr Menschen ertrunken als verdurstet. Diese Gefahr droht mir hier nicht, Samira hat ihren Wohnplatz mit Bedacht gewählt.

Seit Tagen schon streife ich in immer größeren Kreisen durch die Gegend, erkunde die umliegenden Höhenzüge, sitze dort für Stunden, blicke übers Land und lasse mich vom starken Wind durchpusten. Natürlich bewege ich mich mit Vorsicht, bemühe mich, mich nicht zu exponieren, um nicht von einer der kleineren oder größeren Beduinengruppen bemerkt zu werden, die ich manchmal weit unter mir, ameisenklein, mit ihren Kamelen über die Ebene ziehen sehe. Aber das schränkt mich nicht ein. Ich bin ein Adler, der mit den Winden spielt, ein Steinbock, der mit Leichtigkeit die steilsten Felstürme erklimmt – ich bin ein Mann, gesund und stark und frei, von nichts und niemand aufzuhalten.

Wenn ich nach meinen Höhenflügen heimkehre, bring ich dürres Gestrüpp und vertrocknete Wurzeln, die ich mit der Kraft eines viel Jüngeren aus dem festen Boden gezogen habe, fürs Feuer mit. Samira ist dann meistens schon zurück mit ihren Ziegen, hat sie gemolken und ist dabei, den Teig fürs Fladenbrot zu kneten. Ein kleines Feuer brennt, Tee steht bereit, und Samira lacht mir zu mit ihren schwarzen Augen, dass ich Lust bekomme, ihr ein kleines Tänzchen aufzuführen. Aber so frei bin ich dann doch noch nicht und ich beschränke mich darauf, zurückzulachen. Und dann singt sie. Sie sitzt mir am abendlichen Feuer gegenüber, blickt mich aus halb geöffneten Augen an und fängt, als hätte ein unsichtbarer Dirigent den Einsatz gegeben, an zu singen. Nicht nebenbei (manchmal auch das, tagsüber, während der Arbeit, aber das ist leichtes, vielleicht spöttisches Geträller), nein, sie singt mit voller Absicht und Hingabe. Sie singt für mich. Sie singt Lieder, die alte Geschichten erzählen, von Königen und Prinzen und schönen Frauen, von Liebe, Sehnsucht und schrecklichen Kriegen, von der heiligen Pracht der Sonne, die täglich auf und unter geht, vom Leben in Freiheit unter den Sternen ... Das jedenfalls ist es, was ich höre. Und dabei helfen mir die paar Wörter, die ich von ihrer Sprache mittlerweile kenne, kaum. Was ich verstehe, verstehe ich durch Samiras Stimme, ihre Art zu singen. Bei jedem Ton, jeder Phrasierung oder Pause ist sie ganz bei dem, wovon sie singt. Sie wird, wovon sie singt – wird schwer beladenes altes Weib, wird wogendes Kornfeld, wird Falke und Quelle und Berg, wird Klage am Totenbett eines Kindes, wird tiefe Verehrung und empörte Rebellion, wird Mann und Frau, wird Gott. Danach ist sie erschöpft, aber offenbar tief befriedigt. Und ich ebenso. Ich fühle mich davongetragen in Welten mit alten, gültigen Gesetzen, ich heule wie ein Kind, ich lache, ich habe Angst und ich bin gläubig.

Es ist ein Wunder. Der Mond hat einmal zu- und einmal ab- und einmal wieder zugenommen – morgen oder schon heute Nacht wird er erneut voll sein – und ich bin geheilt! Es waren vierzig Tage, die Moses und viel später Jesus in Wüsteneinsamkeit verbracht haben. Moses dachte und empfing den EINEN Gott und rang ihm die Tafeln mit den Geboten ab, mit denen der sein Volk für immer an sich band. Jesus hatte am Jordan die Taufe empfangen und dann ging dieser Mensch, der seither die strahlende Bürde des Christus zu tragen hatte, als erstes für vierzig Tage allein in die Wüste. Am Ende erschien ihm Satan und führte ihn dreimal in Versuchung. Er widerstand dreimal. Er war entschlossen.

Ich bin nicht einsam. Aber auch ich bin entschlossen: zu leben! Mein Herz ist leicht, ich lache wegen jeder Kleinigkeit, meine Sinne saugen alle Details dieser wunderschönen Welt mit so unstillbarem Appetit auf, als hätten sie jahrelang nur das abgestandene Wasser der Traurigkeit und das steinharte, bittere Brot der Schuld bekommen – und so war es ja wohl auch – und schwelgten nun, aus ihrem Kerker entlassen, in der Üppigkeit eines raffinierten, mit Liebe zubereiteten

Festmahls, das nie zu enden scheint. Jeder Stein kann mich mit seiner eigentümlichen Form, mit seiner Färbung, seiner Glätte oder Rauheit für Stunden entzücken. Der Wanderung des Schattens auf dem Boden folgt mein Auge wie einem fesselnden Schauspiel. Der Geschmack von Wasser, Käse, Brot und Reis löst Sensationskaskaden in meinem Mund aus. Wie Offenbarungen rieche ich meine eigene Haut, den beißenden Rauch des Feuers, den scharfen Duft der Ziegen und den verlockenden des Fladenbrots, wenn es von Samira flach ausgerollt und auf die nach oben gewölbte dünne Eisenpfanne über dem Feuer gelegt wird. Den Wind in meinem länger werdenden Haar zu spüren, von Dornengestrüpp zerkratzt zu werden, meinen nackten Fuß auf sonnenwarmen Sand zu setzen, das sind Genüsse, die an Erlesenheit jeden früher teuer bezahlten Luxus weit in den Schatten stellen. Die Welt ist frisch aus ihrem Ei geschlüpft und bietet sich in jedem Augenblick mit so verschwenderischer Fülle dar, dass ich wie berauscht von einem Sinnenfest zum nächsten eile, um nur ja nichts von ihrer Schönheit zu versäumen. Und aufgespart bis heute steckt wie der geheime Kern in dieser Frucht Samira.

Wir leben hier in unserem Bergversteck wie an einem Fluss, der breit und ohne Eile an uns vorüber strömt, ein Nil der Lüfte, von dem ein unwissender Beobachter, der, wenn der Wind vom Norden, vom Delta herweht, am Ufer steht, nicht sagen kann, ob der Strom in diese oder jene Richtung fließt oder vielleicht sogar ganz stillsteht. Samira kommt und geht nach einem unvorhersehbaren Rhythmus der Notwendigkeit. Täglich treibt sie die Ziegen die Schlucht hinunter, dorthin, wo sie das bisschen vertrocknetes Grün finden, von dem sie rätselhafterweise überleben können. Manchmal bleibt sie länger weg und kommt dann mit Mehl, Reis, Datteln, Tomaten, Gurken, Salz, Zucker, Tee zurück. Wo und von wem sie diese Schätze kauft, ist mir nicht klar, aber ihre Währung muss der frische Käse sein, den sie hier oben, in der größtmöglichen Abgeschiedenheit, in der sie sich eingerichtet hat, mit einfachsten Mitteln aus der Milch ihrer Ziegen herstellt. Natürlich habe ich ihr von dem Geld angeboten, dass mir der gierige Scheich gelassen hat, aber bisher hat sie abgelehnt.

Wir sprechen kaum. Ich kenne ihren Namen, ihre Worte für Wasser, Feuer, Holz, Ziege, Mond, und jeden Tag kommen ein, zwei neue hinzu. Ich weiß noch immer nicht, welche Sprache sie benutzt, bin mir jetzt aber ganz sicher, dass es nicht Arabisch ist. Ich habe keine Möglichkeit, auch kein Interesse, sie danach zu fragen. Von meinem geliebten Deutsch habe ich ihr außer meinem Namen gar nichts beigebracht. Differenziertheit und Genauigkeit des sprachlichen Ausdrucks, früher von mir mit religiöser Inbrunst ange-strebte, nie erreichte Ziele, haben ihren Wert für mich verloren. Was ist das gewichtige Schweben einer Rilke-Zeile, eine geschliffene Periode Thomas Manns, ein tausend Nebenspuren erkundendes, sich stauendes, dann wieder vorwärtsschießendes kleistsches Dialog-gewitter gegen die Milliarden von Galaxien, die jede Nacht über unseren Köpfen aufstehen?

Auch ohne Berührung oder Sprache ist unser Aus-tausch reich. Er braucht noch nicht einmal Blickkon-takt, der allerdings, wenn er sich ergibt, dem Tag besondere Höhepunkte verleiht. Nein, das feine Spüren, das sich schon bei unseren ersten Begegnungen so ver-blüffend zeigte, hat sich noch vertieft und kommt fast ganz ohne äußere Signale aus:

Ich wache morgens auf und bringe aus der Nacht ein Päckchen schlechte Laune mit, eine Tüte voller Miss-trauen und eine Schüssel mit altem Groll. Noch bevor ich die Augen öffnen und den Anblick der Welt mit diesen sinnlosen Zutaten verunreinigen kann, höre ich, wie sie leise eine ihrer Melodien summt, wovon sich meine Stimmung augenblicklich aufhellt. Ich habe gelernt, wenn sie fort ist, aus einer Verdichtung der Stille ihre Rückkehr vorauszuwissen. Auch spüre ich immer deutlicher, dass sich in ihrem frohen Gleichmut ein Weh verbirgt, eine offene Wunde, die nicht aufhört, zu bluten und zu brennen. Dann sitzt sie auf einem Felsen weit über der Stufe im Wadi, auf der wir leben, schaut in die Weite und ich kann mir kein einsameres Wesen denken als sie. Da will ich hoch zu ihr, sie umarmen und trösten. Aber ich fühle, dass ihr Weh in Tiefen der Zeit wurzelt, in die mein Trost noch nicht reicht. Also lass ich sie sitzen und warte, bis sie aufsteht und sich streckt, ins Leben zurückkehrt wie nach einer weiten Reise. Erst dann fange ich an, ein Liedchen zu brummen, Im Frühtau zu Berge, Penny Lane, Che serà, serà oder was mir sonst in den Sinn kommt. Sie lächelt verschmitzt, zieht ihre Nase kraus, schüttelt sich den Rest von Schwere von den Schultern und macht sich an irgendeine Arbeit. - So kann ich vielleicht ein kleines Stück von dem zurückgeben, was sie mir so reichlich schenkt. Einen Ausgleich werd ich wohl nie erreichen. Sie hat mir das Leben gerettet, und das nicht nur im zellulären Sinn. Sie hat mir zurückgegeben, was mir abhanden gekommen war, weil ich es nicht mehr achten konnte.

Vor allem aber höre ich nicht auf, von ihr zu träumen. In einer anderen Welt entfaltet sich in immer neuen Varianten eine zweite Geschichte, die auch von ihr und mir handelt, genauso greifbar, aber viel verstörender als die Wirklichkeit am Tage.

Wir sind die engsten Freunde (zwei Jungs, und trotzdem weiß ich, dass der andere Samira ist), zwölf Jahre alt, und machen die orientalische Großstadt, in der wir leben, unsicher. Das Feuer, mit dem wir uns lieben, brennt lichterloh. Da verrate ich meinen Freund auf die niederträchtigste Art. Der Schmerz in seinen Augen verglüht mir die Brust.

Ich bin Bischof einer frühchristlichen Kirche und habe über das Schicksal meiner Schwester zu bestimmen, die bei der Teilnahme an einem heidnischen Kult angetroffen wurde: Ausschluss aus der Gemeinde? Acht und Verbannung? Tod? – Ich stoße sie voller Ekel und Trauer aus, finde aber, dass sie leben soll.

Zweiter Weltkrieg, Russlandfeldzug. Auf Befehl unseres Kompanieführers überfallen wir ein tief verschneites Dorf, um es zu plündern. Wir treiben alle Bewohner zusammen und sperren sie in die Kirche. Sie soll angezündet, was herausläuft oder übrig bleibt soll abgeknallt werden. Da werden in unwirklicher Schnelle alle meine Kameraden von Schüssen getroffen und fallen tot um. Aus einer Scheune kommt mit erhobenem Gewehr eine Frau. Kurz vor mir bricht sie im Schnee zusammen und heult. Es ist, als wolle sie mich um Verzeihung bitten.

Ich weiß nicht, wie ich es vor vierzig Tagen geschafft habe, mein armseliges Skelett hierher zu schleppen. Nachdem wir aufgebrochen waren von der Stelle meines versäumten Todes, ich den Sandhügel mehr hinunter rutschend als gehend, führte sie mich das weite Tal hinauf, das irgendwann nach Westen abbog und von dort an immer enger und steiler wurde. Im ausgetrockneten Bett des Baches stiegen wir auf. Sie trug ihre und meine Last mit Leichtigkeit, ich wankte hinter ihr her wie ein Boot mit vom Sturm zerfetzten Segeln. Es war nicht meine Kraft – ich hatte keine - , die mich die vielen Stufen und Mulden des gewundenen Wadis hinauftrug, herausgewaschen aus dem porösen Gestein in unzähligen Jahrhunderten. Ich war an meine Führerin angeschlossen wie ein Untoter an einen Apparat, der ihm einfachste Lebensfunktionen wie Atmen, Gehen und Stehen eingibt und ohne den er in sich zusammensänke wie ein Körper aus Staub. Die Sonne schlug so erbittert auf mich ein, als wollte sie mich wieder flachgewalzt am Boden liegen, nicht aber aufrecht gehen sehen. Jeder Schritt eine Eroberung, jeder Atemzug ein schwer errungener Sieg. Manchmal gönnte Samira mir kleine Pausen, in denen ich Luft schöpfen und von dem Wasser trinken konnte, das sie mit sich führte. Dann ging sie weiter und ich folgte ihr. Wir bogen um eine Kurve zwischen engstehenden Felswänden und alles war anders. Lichtgrünes Gras drängte an manchen Stellen zwischen den Steinen hervor; Sträucher, die weiter unten wie leblose Modelle ihrer selbst aussahen, trugen hier grüne Blätter; Blumen von zartem Lila und kräftigem Rot, von Sonnengelb und Himmelblau standen locker verteilt auf hohen, im Wind sich wiegenden Stielen, oder kauerten in dicht gepackten Sippschaften am Boden. Ein kleiner Falter ließ sich auf einer sternförmigen weißen Blüte nieder. Ich glaubte, den Weg zum Paradies betreten zu haben. Er wand sich weiter zwischen wildem Gestein und immer dichterem Bewuchs hinauf.

So kamen wir an.

Es *ist* ein Paradies, in dem wir leben. Die enge Schlucht öffnet sich hier zu einer ebenen, zum Teil mit Sand, zum Teil mit Steinplatten bedeckten Fläche von der Größe eines kleinen Dorfteichs. Sie wird auf einer Seite von einer halbrunden, gestuften Wand aus hellem Sandgestein umschlossen, über die in knapp zwei Metern Höhe wie ein Dach eine mächtige Felsplatte weit hinausragt. An einer anderen Stelle sickert leise das spärliche aber stetige Rinnsal einer Quelle aus einer Spalte hervor. Ihr kaltes Wasser zaubert in die lebensfeindliche Umgebung einen Garten von zauberischer Schönheit, in dem die genügsamen Wüstenbewohner beinahe üppig gedeihen, und speist im Versickern noch das letzte Stück Wegs, das mich völlig entkräfteten Wanderer bei meiner ersten Ankunft so verzauberte.

Samira hat sich hier eine Wohnstatt eingerichtet, die nicht einfacher, ja primitiver, aber auch nicht zweckmäßiger, vollkommener und schöner sein könnte. Ein langer, grobgewebter Wollteppich umschließt als bewegliche Wand den größten Teil des Raumes unter dem Felsendach und bildet so fast etwas wie ein kleines Haus. Dort bewahrt sie, an Stricken aufgehängt um sie vor Mäusefraß zu schützen, ihre Vorräte auf, dort hat sie die paar Schüsseln, die Kannen und das wenige andere, woraus ihr Haushalt besteht, dort schläft sie auf einem Flickenteppich zwischen ein paar zusammengenähten Schaffellen, dort ist die Feuerstelle, an der sie kocht und backt und sich wärmt. - Dort wohne seit sechs Wochen nun auch ich, ein wenig von ihr abgerückt und doch so nah, dass ich in den kalten Nächten ihre Wärme zu spüren meine oder mich vielmehr nach ihr sehne. Für ihre zwölf Ziegen hat sie in einem anderen Teil des Areals aus Stöcken und Seilen einen Pferch errichtet, aus dem die Tiere morgens, wenn Samira die Absperrung öffnet, mit freudigen Gemecker herausspringen.

Ich bin heute also inmitten einer Sintflut aufgewacht – und bin erregt. In all der Zeit habe ich nie gesehen, wie

Samira sich wäscht, kämmt oder sonstwie pflegt. Wie sie das hinbekommen hat, ist eines ihrer vielen Rätsel. Sie war, soweit ich feststellen konnte, immer sauber, aber außer bei einer schnellen Reinigung der Hände habe ich sie nie bei einer solchen intimeren Handlung beobachtet, obwohl wir ja wirklich sehr dicht miteinander leben hier. Doch jetzt sehe ich durch die breite Lücke zwischen Teppichwand und Fels, wie sie dort draußen, genau in meinem Blickfeld, nur zwei, drei Manneslängen von mir entfernt, nackt, mit gelöstem Haar in den senkrecht vom Himmel stürzenden Fluten steht. Sie ist mir halb abgewandt. Aber sie muss wissen und damit rechnen – sie muss wollen, dass ich ihr zusehe. Und ich sehe ihr zu.

Ich seh den schlanken Rücken, dem das hüftlange schwarze, leicht gekrauste Haar wie ein nasses Kleid anliegt, ich sehe eine schwere Brust sich heben, als sie die Arme zum Himmel streckt. Ich seh die Rundungen ihres Körpers, des Körpers einer Frau, die ihm täglich viel abverlangt: kraftvoll und geschmeidig steht er seiner Bewohnerin zur Verfügung - aber für wie lange schon? Auch jetzt kann ich ihr Alter nicht bestimmen, sie könnte Mitte Zwanzig oder sehr viel älter sein. Sie ist fast genauso groß wie ich, und wie sie jetzt dasteht und sich im durch die Wassermassen getrübten ersten Tageslicht meinen Blicken präsentiert, kommt sie mir vor wie eine Göttin, die ihr rituelles Bad nimmt. Der Gedanke lässt mich laut auflachen. Und doch trifft in diesem Augenblick kein anderes Bild auf Samira zu.

Trotz des Getöses hört sie mich lachen und wendet sich um. Und sie lacht ebenfalls. Jetzt nicht mehr Ehrfurcht gebietend, sondern übermütig, voll einfältiger Freude, lacht sie, dreht sich hüpfend ein paar mal im Kreis und winkt mich dann mit beiden Armen heran. So schnell ich kann krieche ich aus meinem Schlafsack, streife die Kleider ab, zögere dabei kurz wegen meiner verräterischen Blöße, beschließe, mich ebenso wenig zu verbergen wie sie und renne zu ihr hinaus. Die klatschende, massive Wucht des Regens nimmt mir fast den Atem, doch rasch überlasse ich mich ohne Hemmung dem Genuss, von allen Seiten ausgepeitscht zu werden, ich schreie vor Vergnügen, springe auf und ab, ein geiler Faun in seinem Element, ein Lazarus, der seine Auferweckung von den Toten feiert, als würde gerade jetzt, in diesem entfesselten Augenblick, der letzte Rest von Krankheit von mir abgespült und ich kehrte endgültig zurück in die volle, feuchte Pracht des Menschenlebens mit seinem überreichen Vorrat an Wundern.

Erst jetzt überblicke ich das volle Ausmaß der Veränderung, die in kürzester Zeit mit meiner vertrauten Umgebung geschehen ist. Samiras Platz ist so gelegen, dass er nur vom Regen selbst, aber nicht vom Reißen des ständig noch anschwellenden Sturzbachs getroffen wird. Der jagt, dicht am Ziegenpferch vorbei, über die Stufen des Wadis hinab und staut sich unterhalb, an der nächsten Engstelle, keine zwanzig Meter von uns entfernt, schon so, dass das davor liegende, gerade noch staubtrockene Becken mannshoch mit kochendem Wasser gefüllt ist und jeden, der dort stünde, sofort ersäufen würde.

Aber weiter als jetzt könnte ich von dem Gedanken nicht sein, ertrinken oder sonst wie ums Leben kommen zu wollen. Stattdessen tanze ich weiter, schreie und juble, biete mich mit allem, was ich bin und habe den Gewalten dar, fasse schließlich Samira an den Händen und wie Kinder halten wir uns fest und drehen uns kreischend im Kreis, die Füße tief im nassen Sand versinkend. Wir kommen zu Fall und klatschen dicht nebeneinander zu Boden, zwei Hände noch immer verschränkt. Ich öffne meinen Mund so weit es geht dem Regen, der dicht wie ein einziger Strahl auf mich herunterprasselt, ich saufe den Segen in vollen Zügen, ich pruste und lache und schüttle mich dabei vor Wohlsein wie ein junger Hund. Ich drehe mich zu ihr und sehe, wie sie das Gesicht wie lauschend dem Ansturm hinhält, entspannt, die Augen geschlossen. Da beuge ich mich über sie und küsse sie auf ihren nassen Mund.

68

Sie schlägt die Augen auf, legt ihre Arme um mich und zieht mich näher zu sich heran.

Als der Regen so schlagartig endet wie er gekommen ist, liegen wir atmend, ineinander verschlungen auf dem Sandboden. Die schweren Wolken, die uns einen Teil ihrer Last dagelassen haben, reisen weiter, die neugeborene Sonne bricht hervor, erwärmt uns schnell, leckt gierig die nassglänzenden Felsen trocken, das reißende Untier des Wassers zieht sich unwillig in seinen unterirdischen Käfig zurück, die Pflanzen, die der Gewalt widerstanden haben, richten sich auf, die Ziegen, denen ich jetzt erst, mit ihren an die Haut geklatschten Fellen, ansehe wie schrecklich dünn sie sind, schütteln sich aus und dünsten zufrieden vor sich hin. Das Unwetter hat bei uns keinen Schaden hinterlassen. Es hat nur alles verändert.

Als erstes nachdem wir uns lösen, macht Samira ein Feuer. Nackt wie sie ist, bereitet sie Tee zu und sieht nach, ob die Schlafplätze nass geworden sind. Dann lässt sie sich in der Sonne nieder, trocknet die Fülle ihrer Haare und kämmt sie mit einem grobgezackten Kamm. Sie holt zwei flache Steine und mahlt zwischen ihnen Ocker, den sie mit etwas Wasser zu einer Paste anrührt. Das wiederholt sich mit einem Brocken von roter und einem von weißer Farbe. Die fertigen Mischungen gibt sie in kleine Tiegel und packt sie in ihren Beutel, gemeinsam mit anderen Dingen, die sie zusammensammelt, zum Teil aus Spalten, in denen ich nichts vermutet hätte, darunter frisches Obst – Orangen, Äpfel und Mandarinen, wie diese Köstlichkeiten hierher kommen, ist mir schleierhaft - , verschiedene Fläschchen und Dosen, Bündel mit Kräutern, zwei flache Stäbe ... Sie legt ein Kleid an, das ich noch nie an ihr gesehen habe. Es ist aus steifem weißem Tuch, geknöpft wie ein Hemd, fällt in breiten, scharf geplätteten Falten bis zum Boden. Sie weist mich an, mich gleichfalls anzuziehen, Flaschen mit Quellwasser zu füllen und in meinen Rucksack zu stecken. Sie rollt zwei Flickenteppiche zusammen und legt sie obendrauf; die soll ich wohl dazu packen. Sie nimmt eine durchlöcherte Blechbüchse mit einem Henkel aus mehrfach gewundenem Draht, füllt Glut aus dem Feuer ein, deckt sie mit Asche und Gras ab, hängt die Büchse an einem langen Stock zum Tragen auf und reicht sie mir. Es ist Zeit zum Aufbruch, ich weiß nicht, wohin.

VI

Wir sind jetzt seit zwei Stunden unterwegs. Samira führt mich auf gewundenen Wegen durch die Berge. Wir durchqueren Senken und übersteigen Sättel, wir bewegen uns dicht an steilen Abbrüchen entlang und folgen kaum sichtbaren Saumpfaden durch grobes Geröll. In den wenigen Stunden, die seit dem Wolkenbruch vergangen sind, hat sich die Wüste so verwandelt, dass ich glaube, an einem anderen Ort zu sein. Aus allen Ecken und zwischen allen Spalten, auf jeder kleinsten Fläche von angewehtem Sand, sprießt neues Leben hervor, als sei ein Maler am Werk, der nichts als frischestes Grün auf der Palette hat. „Sie führt mich" trifft es nicht ganz. Denn oft lässt sie mich vorausgehen, meistens folgt kurz darauf eine Gabelung oder sonst eine Stelle im Gelände, an der es mindestens zwei Richtungen zur Auswahl gibt. Dann sieht sie mir zu, wie ich mich unschlüssig umblicke, aus alter Gewohnheit tief seufze und schließlich eine Entscheidung treffe, die sie nie korrigiert. Grund für meine Wahl ist immer eine unbedeutende Kleinigkeit: ein heller Fels in der Ferne, der mich lockt, ein Strauch, dessen jetzt begrünte Zweige in eine bestimmte Richtung weisen, die Aussicht, ein wenig im Schatten gehen zu können ... Da ich keine Ahnung von unserem Ziel habe, nehme ich an, dass es gleichgültig ist, wohin wir uns wenden. Aber jedes Mal quittiert Samira meinen Entschluss mit einem anerkennenden Lächeln, als habe ich das einzig Richtige getan, sagt leise meinen Namen und folgt mir. In einer Senke beginnt sie, vertrocknetes Gesträuch, das es neben all dem frischen Grün noch gibt, zu entwurzeln und fordert mich auf, das gleiche zu tun. So tragen wir schnell genügend Holz für ein stattliches Feuer mit uns.

Wir erreichen eine Hochfläche, und plötzlich wird die Stimmung, trotz der Gewalt der Sonne, der wir hier schutzlos ausgesetzt sind, kühl und abweisend. Das Grün hat es nicht bis hier herauf in dieses vollkommen tote Stein- und Felsenmeer geschafft. Samiras Schritte, schon bisher ruhig und bedächtig, bekommen etwas Feierliches. Mich aber erfasst Unruhe, als stünde ein besonderes Ereignis bevor, eine Prüfung, ein Abschied, eine Bestrafung ... Plötzlich vereinigt sich der Weg mit einem anderen, breiteren, hier muss eine motorisierte Raupe planiert haben, ich sehe Reifenspuren, verblichene Zigarettenschachteln links und rechts, einen weggeworfenen Kamm. Ich will nicht weiter, ich will umkehren, ich will nicht in Berührung kommen mit irgendetwas aus meiner früheren Welt, die die heutige ist. Aus meinen Beinen ist alle Kraft gewichen, ein Unwohlsein aus alter, alter Zeit erfasst mich, bleiche

Nüchternheit und misstrauischer Vorwurf. Ich bleibe stehen.

Wo führt sie mich hin? Warum folge ich ihr wie seinem Herrn ein Hund? Wer ist sie, verdammt? Hat irgendetwas von dem Zukunft? Bin das ich? Habe ich meinen Verstand verloren?

Ich bin geheilt. Das ist ein Wunder, in der Tat. Es geht hier mit Kräften zu, die weit über das Übliche hinausgehen. Um das gebührend zu würdigen, kann man schon mal ein paar Wochen seiner Lebenszeit drangeben, in Ordnung. – Aber wie viele sind „ein paar"? Ich habe heute Sex gehabt wie seit Jahren nicht. Unglaublich! Phänomenal! Das ruft nach mehr! – Aber wie lange? Wie lange glaube ich auskommen zu können ohne von meinen Kindern zu wissen, ohne Gespräche, ohne einen Spiegel, ohne Schnee, ohne die Tränen bei Beethovens Neunter, ohne ein heißes Bad, ohne Wald?

Ja, das Stück Leben, das plötzlich wieder vor mir zu liegen scheint, verdanke ich Samira und ihrem (scheinbar?) so selbstlosen Tun. – Aber fesselt mich das für diesen gechenkten Rest an sie? Der worin bestehen soll? In schlafen, schweigen, essen, vögeln?

Will ich nie mehr scharfsinnig meine Gedanken formulieren? - Will ich weiter ohne Verhütung mit ihr schlafen und ein Kind mit ihr zeugen? Zwei? Und auf welche Schule sollen die gehen? – Will ich mit „meiner Frau" nicht durch Zürich schlendern und ihr teure Schuhe kaufen? Samira würde man nicht mal den Laden betreten lassen! – Will ich sie nicht neben mir haben im sexy Cocktail-Kleid, wenn eben doch noch meine Einzelausstellung in Chicago oder Paris oder Berlin kommt, ich hab da schon einige Ideen, ein neuer Zyklus, natürlich mit Wüste im Titel ... – Oder, mit anderen Worten, will ich denn nie mehr KUNST machen?!

Wer ist sie? Ihre Herkunft, ihre Geschichte sind mir unbekannt. Na schön. Aber ein paar Dinge weiß ich über sie. Sie muss etwas wie eine Verstoßene sein - vertrieben aus einer Gemeinschaft, die zwar offensichtlich nicht beduinisch, vielleicht noch nicht einmal muslimisch ist, aber doch wohl nomadisch (wie wäre sie sonst hier überlebensfähig?) und jedenfalls das sein muss, was wir primitiv nennen. Vermutlich hat sie nie eine Schule besucht.

Seit heute weiß ich, dass sie keine Jungfrau war. Heißt das, sie war oder ist verheiratet? Oder ist sie vergewaltigt worden? Ist etwas Drittes vorstellbar? Auch ist sie nicht beschnitten. Ob das dafür spricht, dass ihr Stamm oder Volk oder was es eben ist, bei dieser Barbarei nicht mitmacht, oder ob Samira damit ein

Sonderfall ist, entzieht sich meiner Kenntnis. Wie eigentlich der ganze Rest.

So stehe ich eine gute Weile. Samira schreitet einfach weiter, dreht sich nicht nach mir um. Vor zwei Hügeln, die, sicher hundert Schritte vor mir, links und rechts der Piste annähernd kegelförmig, fünfzehn Meter hoch, auf dem sonst dunkelbraunen, fast ebenen Geröllgrund aufgeschüttet scheinen, bleibt sie stehen. Der linke besteht aus weißem, der rechte aus schwarzem Material. Meine Fremdheit, meine Ernüchterung sind umfassend. Ich muss hier weg, sofort, weg von all den Unmöglichkeiten, weg von Samira. Schon wende ich mich zurück und gehe ein paar Schritte, da fällt mir ein, dass ich das Wasser trage. Ich bleibe, schwer atmend wie von großer Anstrengung, erneut stehen und stiere auf den Boden vor mir. In die Brust schlägt ein Schatten des Krebsschmerzes. Ich kann sie hier in dieser Dürre nicht ohne Wasser zurücklassen. Ich entkomme ihr nicht, ohne ihr Leben zu gefährden. Mein Kiefer mahlt vor Zorn, aber ich dreh mich wieder um und bewege mich wie durch Dornen auf sie zu.

Im Näherkommen erkenne ich, dass die Hügel wohl doch nicht das Ergebnis menschlicher Arbeit sind. Ich kann mich täuschen, aber jetzt sieht es aus, als habe eine Laune der Natur sie hier aufgebaut wie zwei

Sphingen. Der planierte Weg führt genau zwischen ihnen hindurch, man muss sie also, wenn man weiter will, passieren.

Erst als ich schon fast bei ihr bin, dreht Samira sich um und lächelt mich so offen und arglos an, dass ich mich für meine Gedanken schäme.

Alle Fragen sind offen, es gibt keine „Perspektiven" – na und? Hab ich nicht am Rande des Todes gelernt, dass es nur eine Perspektive gibt, die es wert ist, eingenommen zu werden: die der Gegenwart? Und ist nicht die entscheidende Frage geklärt? Ich lebe! Ist es nicht vielmehr ein Ende, einen Abschied, was ich fürchte aufgrund Samiras eigentümlicher Zurichtungen und unserer scheinbar ziellosen Wanderschaft, und wappne ich mich mit Zutaten aus alten Abwehrbeständen gegen den erwarteten Verlustschmerz? Bin ich, in aller Schlichtheit und Dichtheit, im selben Geleise wie früher?

Wir atmen gemeinsam tief ein, wir gehen weiter, wir durchschreiten die seltsam ungeformt-geformten schwarz-weißen Wächter. Die staubige Straße windet sich eine Erhebung empor. Wieder bleibt Samira stehen. Nicht weit vor uns, höchstens noch fünf Minuten, sind grün-metallene Tafeln auf Stelzen zu sehen. Eine hüfthohe Mauer fasst ein nicht allzu großes Areal ein, von hier aus schon als antikes Ruinenfeld erkennbar. Unmittelbar dahinter bricht das Gelände jäh viele hundert Meter in eine riesige sandgefüllte Ebene ab, die ganz im Hintergrund von einer weiteren Bergkette begrenzt wird. Langsam nähern wir uns dem, was da so hoch und heilig völlig einsam über der Wüste thront. Außer der staubigen Zufahrt, den zwei weithin sichtbaren Schildern auf ihren Stahlrohrbeinen und einer alten Öltonne, die wohl zum Abfallsammeln dient, sind keine Zeugnisse unseres Jahrhunderts zu erkennen. Der sonst allgegenwärtige Besichtigungstourismus scheint an diesem abgelegenen Ort noch nicht recht in Gang gekommen, hat bisher nur eine erste Marke hinterlassen, für den Fall dass ...

Schrift! Etwas lesen! Information! Wie ausgehungert stürze ich mich auf die Tafeln und studiere sie. Es sind Planzeichnungen und Erklärungen in arabischer und englischer Sprache. Danach handelt es sich um die Reste eines altägyptischen Tempels, der Göttin Hathor geweiht und an dieser Stelle errichtet, weil vor dreitausendfünfhundert Jahren in unmittelbarer Nähe ergiebige Türkisvorkommen bergmännisch ausgebeutet wurden und Hathor die Schutzherrin dieses kultisch verwendeten Gesteins war. Es wird erklärt, dass das ursprüngliche Heiligtum nur klein war, dass aber über die Jahrhunderte viele Anbauten erfolgten in Form von Kapellen, die im Inneren der Anlage entlang eines abzuschreitenden Weges besucht wurden; die noch vorhandenen Steine seien ungefähr so ausgelegt, wie es dem damaligen Gebrauch der Anlage entspricht, sodass der heutige Besucher ... Jegliches Entfernen, Zerstören oder sonstwie Verändern der hier vorhandenen ... wird mit Geldbußen nicht unter ... – The Egyptian Minstery of Tourism and Antiquities.

Ein Hathor-Tempel in einer Gegend, die auch schon damals mitten im Nichts gelegen haben muss, unendlich weit vom Nil und seiner Fruchtbarkeit und allem anderen, was das Leben eines Ägypters lebenswert machte. Kein Fluss, kein Meer, keine Stadt, noch nicht einmal ein nennenswertes Dorf näher als drei Tagesreisen, nur die Ansiedlung, die es für die Arbeiter, Priester und Logistikunternehmer hier gegeben haben muss. Letztere hatten sicher alle Hände voll zu tun: Wasser und Nahrung heraufschaffen in diese Bergeinöde, die Ware sammeln, sortieren, fertig machen zum Abtransport in die ferne Heimat, Ertragsquoten-Anweisungen der Abnehmer in Luxor, Gizeh oder Theben übermitteln ... Die Arbeiter in den Türkisminen und an dem wachsenden Tempel mussten bei Laune gehalten werden. Das könnte die Aufgabe der Priester und Priesterinnen gewesen sein ...

Soviel reime ich mir zusammen aus dem, was ich lese und sehe. Aber Hathor? Meine Wissenslücken in

Ägyptologie halten locker mit denen in Pflanzenheil-kunde mit. Echinacea stärkt die Abwehrkräfte, Arnika hilft bei Verletzungen und Fenchel beruhigt. Damit hat es sich.

In der niedrigen Umfassungsmauer ist eine Öffnung, durch die man das Heiligtum betreten kann, auf beiden Seiten durch senkrecht stehende, rechteckige Säulen begrenzt. Dazwischen erkenne ich einen Weg, der annähernd gerade durch die umgestürzten Steine – Mauer-werk, Säulen, Stelen – führt. Samira spricht leise vor sich hin, während sie eine der beiden Eingangssäulen aus der Nähe betrachtet. Ich sehe Schriftzeichen, Hiero-glyphen. Es ist fast, als würde sie lesen und ich muss schmunzeln über diese Nachahmung einer Zivili-sationstechnik, die ihr so offensichtlich nicht zur Ver-fügung stehen kann.

Dann wechselt sie zur anderen Säule. Auch hier ist etwas eingemeißelt. Es hat Ähnlichkeit mit griechi-schen Buchstaben. Ich habe mal Griechisch gelernt, aber diese Schrift scheint zusätzliche Zeichen zu benutzen und stellt – nach dem, was ich aus dem mir Bekannten kombinieren kann – keine griechischen Wörter dar. Samira hebt ihre Hand und berührt die Inschrift. Und dann fängt sie an, zu lesen.

Sie liest den Text auf diesem Stein laut vor, ihre Finger folgen dabei den Zeichen und bei einem Ω höre ich ein O, bei Δ ein D, bei Φ ein F... Samira liest! Und nein, es ist nicht Griechisch, was sie liest – es klingt vielmehr wie ihre Sprache, die, in der sie mit mir spricht und ihre Lieder singt. Ich höre ihr Wort für Sonne. Und das für Tod. Und mehrfach höre ich Hat-Hor. Die Haare am ganzen Körper richten sich mir auf. Altägyptisch. Samira spricht Altägyptisch. Und liest es mir vor vom uralten Stein wie aus einem Buch.

VII

Sie ist verschwunden. Ich stand noch da und starrte sie an mit offenem Mund, mein Bündel Brennholz unterm Arm, den vollen Rucksack auf dem Rücken und die lichtlose Glutlaterne in der Hand, da verschwand sie plötzlich vor meinen Augen. In Wirklichkeit muss es natürlich so gewesen sein, dass ich durch irgendetwas abgelenkt war, am ehesten durch meine eigenen Gedanken, die sinnlose Kapriolen schlugen, um das Unbegreifliche, dessen Zeuge ich gerade geworden war, einzuordnen. Diesen Moment muss sie genutzt haben. Und jetzt ist sie seit sicher zwei Stunden weg.

Ich habe sie gesucht. Ich habe mein Holz zu ihrem geworfen (wann hat sie es hier abgelegt?), Rucksack und Feuergefäß daneben (hätten einfache Streichhölzer nicht genügt?) und habe sie gesucht. Laut zu rufen, oder überhaupt zu rufen, habe ich mich nicht getraut. Ich habe natürlich die Tempelanlage durchsucht, drei, vier mal, so groß ist die nicht, höchstens siebzig Meter lang und nur etwa fünfzehn breit. Man kann sich hier nicht verlaufen, man kann sich nicht verstecken. Oder eben doch. Sie war und bleibt verschwunden.

Auf meinen Wegen durch die zum Teil wüst durcheinander gestürzten Reste des Tempels besah ich mir die Trümmer. Schwere, glatt behauene Steinplatten, früher sicher Teile der Gebäude; Stelen von unterschiedlicher Größe, zum Teil zerbrochen, zum Teil unbeschädigt, bedeckt von Hieroglyphen oder auch wieder der quasi-griechischen Schrift; eine am Ende des rituellen Ganges gelegene, in den gewachsenen Stein gehauene, winzige Kapelle, eher ein Schrein, in dessen Hintergrund noch eine Aussparung gemeißelt ist, in der eine Frau sitzend gerade Platz hätte. Hiervon heißt es im Plan, es sei der Kern des ursprünglichsten Heiligtums gewesen. – Und ein Gesicht, immer das gleiche in vielen Exemplaren, sehr flach aus seinem Untergrund herausgearbeitet, eher Basrelief als Skulptur. Das muss Hathor sein. – Ein Wesen schaut mich an, das ich zu kennen meine. Der Schwung der Nasenflügel, der zart-lächelnde Mund, die weit auseinander liegenden Augen ... Da ist (obwohl hier seltsam plattgedrückt und wenn man davon absieht, dass die perückenartige Frisur der Göttin von zwei Kuhohren zurückgehalten wird, und davon, dass das Modell für diese hier seit über dreitausend Jahren tot sein dürfte) eine nicht zu übersehende Ähnlichkeit mit Samira.

Schließlich hab ich die Suche aufgegeben und mich außerhalb des heiligen Bezirks zu unseren Vorräten in den Schatten der kleinen Mauer gesetzt. – Mein Mangel an Verstehen ist fundamental. Mein Wissensdurst hat noch nicht mal angefangen, zu trinken, geschweige denn, dass er gestillt wäre. Es hilft nichts, mir alle Fakten noch einmal vor Augen zu führen, es wird daraus kein Bild, keine Geschichte, die ich deuten oder auch nur akzeptieren könnte.

Also kapituliere ich. Ich sitze nur da und schaue auf die Berge in der Ferne. Nichts geschieht. Gar nichts.

Bis mich, zum dritten Mal seit ich im Sinai bin, ohne jede Ankündigung ein gewaltiger Gongschlag trifft. Der Raum um mich reißt auf, oder reißt mich auf, oder reißt mich in sich hinein. Die Grenze zwischen außen und innen ist weg, nichts regt sich, alles ist in fortwährender Bewegung, ich erlebe reine, absichtslose Präsenz, ich bin angekommen in der Stille und mehr kann ich dazu nicht sagen. Ich habe keinerlei Gefühl dafür, wie lange dieser Zustand anhält.

Aber die Erde dreht sich weiter und Tage, die gekommen sind, gehen auch wieder. Die Sonne steht schon tief im Westen und wird dort bald hinter den höheren Bergen im Rücken des Tempels verschwinden, der volle Mond, gerade aufgegangen, schwebt riesig und bleich im bleichen Himmel ihr gegenüber – als ich Töne höre, Gesang, Samiras Stimme. Die Töne ziehen durch die klare Luft wie die Schwärme von Mauerseglern, die ich an schönen Sommerabenden von der Dachterrasse meiner Karlsruher Wohnung beobachten konnte; sie kommen nicht aus einer Richtung, sie haben kein erkennbares Ziel, sie folgen Bahnen, die nur die Freude an der Bewegung im Raum ihnen vorgibt, in denen ich gleichwohl, vergeblich, Muster zu erkennen versuche. - Und sie ziehen wie die kraftvoll-ausgelassene Bande von Delphinen, denen ich einmal von Bord eines Ausflugsschiffs zusah, wie sie uns Besuchern auf unserem stählernen Gefährt mit unbegreiflicher Geschwindigkeit folgten, vom Heck zum die See aufpflügenden Bug vorschossen und sich dort, nur Zentimeter von der Bootswand entfernt, zu zweit, zu dritt, zu viert mit uns ein Rennen lieferten; ihre Schwestern und Brüder, die Kinder, die Onkel, die Tanten, die ganze sicher fünfzigköpfige Mischpoche, tobten um das fahrende Schiff herum, in wilder Begeisterung ihren tollkühnen Champions applaudierend, unter Wasser und darüber in freien Rhythmen selber pausenlos gewagte Figuren tanzend; das Herz jedes Menschen, das nicht völlig erstarrt ist, macht bei diesem Anblick jubelnde Sprünge und was schwer sein mag in seinem Leben ist für diesen Augenblick getilgt. - Und wie die gleißenden Strahlen der Sonne, wenn sie den vom Pazifik heraufeilenden dichten, strahlend-weißen Nebel an der Steilküste von Big Sur für einen seligmachenden Moment durchstoßen.

So sind diese Töne, die Samira in meine namenlose Gegenwart hineinsingt, oder die aus ihr heraustönen, diese Unterscheidung ist nicht zu treffen. Ein heftiger Knall, hell wie der einer Peitsche, lässt mich mit einem Schlag in die Begrenzungen meines Körpers zurückzucken. Dann noch einer. Der Gesang geht weiter, aber Schlag folgt auf Schlag, es ist ein Rhythmus, der sich dem Lied annähert, der es zu begleiten, zu tragen beginnt.

Dann sehe ich sie. Singend und tanzend kommt sie aus dem Tempelbezirk direkt auf mich zu. Und heute schon zum zweiten Mal sieht sie aus wie eine Göttin, die ein Bad nimmt, diesmal im letzten Sonnenlicht. In jeder Hand trägt sie eines der flachen Hölzer, die sie am Vormittag eingepackt hatte, und schlägt sie gegeneinander. Ihr Tanz ist gemessen, voll großer innerer Spannung. Und mit ihr tritt ein Wind auf.

Sie trägt das weiße Kleid. Es wird ihr gegen den Leib gedrückt, die weit aufgeknöpfte Hemdbrust lässt dunkle Haut erkennen. Im letzen, seitlichen Licht der Sonne sehe ich dort und auf Gesicht und Händen und Füßen hell aufleuchtende Formen und Linien in Ocker und Weiß und Rot. Samira hat sich mit ihren selbst zubereiteten Farben bemalt. Ihre Haare fliegen im Wind wie Flammen, ihr Gesicht trägt ein breites, vergnügtes Lächeln, das gar nicht zu der Feierlichkeit der Szene zu passen scheint. Sie fühlt sich sichtlich wohl und es sieht aus, als würde sie den Moment genießen wie die Großstädterin das Betreten eines Clubs, in dem, genau als sie erscheint, der Song läuft, der sie am besten zur Geltung bringt und in dem sie die unbestrittene Königin des Abends sein wird. Samiras Auswahl an Königen ist heute Abend zu meinem Glück stark eingeschränkt. Ohne ihren Gesang und das Schlagen der Hölzer zu unterbrechen, fordert sie mich mit Gesten auf, das bereitliegende Brennmaterial zu nehmen und daraus ein Feuer zu machen. Und während ich Steine im Kreis aufstelle, als erstes ein wenig von dem dünnsten Reisig hineinlege, dann vorsichtig das Gras aus dem blechernen Glutbehälter entferne, den heißen Inhalt auf die Zweige schütte, gleich neue Ästchen oben drauf drücke und es mir so mithilfe des Windes bald gelingt, eine Flamme zu erzeugen, singt und spielt Samira weiter. Die kleine Flamme greift schnell um sich und ich füttere sie bereits mit dickeren Stöcken, da wird ihr Singen und Schlagen immer leiser, bis es schließlich ganz verstummt, und auch der Wind scheint sich zu legen. Nur noch das Prasseln des auflodernden Feuers ist zu hören. Samira geht zum Gepäck, greift eine Wasserflasche und die Flickenteppiche, bringt sie ans Feuer, rollt sie aus und trinkt in langen Zügen fast die halbe Flasche leer, bevor sie sie mir weitergibt. Sie lässt sich nieder in den

Fersensitz und strahlt mich an. Die Sonne hat auch die höchsten Gipfel der östlichen Berge verlassen, der volle Mond ist gestiegen und taucht alles in sein kalkiges Licht. Unser Feuer ist darin eine Insel der Wärme, es ist das Innen in diesem riesigen Außen. Ich habe tausend Fragen an Samira, ich will jetzt alles, alles von ihr wissen - woher sie kommt, wie sie aufgewachsen ist, wie alt sie ist ... Und dafür müssen wir so schnell wie möglich eine gemeinsame Sprache finden, wir müssen ... Stattdessen sitze ich an einem Feuer mit ihr, mitten im Nichts, und sage – nichts. Sie war für Stunden fort, sie ist bemalt unterm Kleid, sie hat gesungen und getanzt und mit ihren Hölzern Geister vertrieben, oder womöglich herbeigerufen, sie spricht und liest vermutlich die Sprache der Pharaonen! – und ich sehe ihr einladendes Lächeln und sage nichts.

Ich hatte reichlich „schlechten" Sex in meinem Leben. Verlegenen, gelangweilten, abwesenden, seelisch brutalen, bemühten, verlogenen, einsam machenden. Und auch „guten" Sex hatte ich. Aufregenden, wilden, verbotenen Sex. Innig zugewandten, in warmen Gefühlen schwimmenden Sex. Sex als prickelnden Zeitvertreib, Sex im Freien, Sex zu dritt ...

Aber etwas hat fast immer gefehlt und ich glaube, das war ich selbst. - Warum sonst erfuhr ich den

Augenblick der Erlösung so oft wirklich nur als Augenblick, die Erlösung nur lokal begrenzt? Oder boykottierte mich, der ich Kondome wegen ihrer mich augenblicklich lähmenden Wirkung mit tollkühnem Nachdruck ablehnte, die Befürchtung, ein weiteres Kind zu zeugen und dann noch eins und noch eins? Ich habe schon drei, ich fand, ich habe meinen Beitrag zur Fortführung dieses ungeheuerlichen Experiments: Menschheit geleistet. - Woran immer es lag: auch wenn es köstlich, herzwärmend und geil war, ich behielt zum Schluss etwas für mich (so wie ich meine schlimmsten Schmerzen und Befürchtungen nie zeigte), verhielt mitten im Sprung (was nicht geht, aber zu einer unsanften Landung führt), verfehlte die Ganzheit von Ekstase, für die ich so ergeben gerackert hatte. – Ich glaube, Scham nach dem Akt entsteht nicht, wenn man zu viel, sondern wenn man zu wenig von sich gegeben hat. Heute Morgen mit Samira zu schlafen, war einfach. Die entfesselte Natur um uns herum ertränkte alles Bedenkliche in ihrem wilden, kreatürlichen Strom, wir waren zwei Kinder, die einander unbefangen, in allem Ernst und sehr heiter erkunden, mein Geist blieb ungestört bei dem, was war, frei von Bildern und Wünschen, frei von „sollen" und „können"...

Aber jetzt, spüre ich, steht etwas anderes bevor. Meine selbst geschaffenen und darum nicht weniger schmerzhaft erlittenen Qualen, mein Weg in die Wüste um hier zu sterben, der Besuch der gespenstischen Todesschwadron, meine Errettung durch Samira, ihre Lieder, die heilenden Dämpfe, der ungeheure Regenguss, die zeitlose Stille, dieses Feuer – das alles hat mich leergefegt. Etwas sagt: Diesmal sterbe ich. Ich bin zum Sprung bereit.

Es ist ein Helikopter. Der Wind steht so, dass wir ihn erst hören kurz bevor er von unten über der Abbruchkante auftaucht. Er ist höchstens fünfhundert Meter von uns entfernt und zermalmt mit seinem Getöse die Luft. Trotz des hellen Mondlichts wird das Gelände mit einem Suchscheinwerfer abgekämmt. Samira schreit laut auf, rafft fliegend ihr Kleid und ihre Sandalen vom Boden und rennt sofort los. Zu Tode erschrocken greife ich meine Sachen und folge ihr barfuß über die scharfkantigen Steine in die Richtung, aus der wir gekommen sind. Jetzt hat der Pilot unsere Feuerstelle entdeckt und fliegt direkt darauf zu. Im Weiterstolpern sehe ich, wie Samira nach links abbiegt und plötzlich von der Erde verschluckt wird. Ich renne hinterher und kann gerade noch anhalten, bevor ich in eine breite Spalte im Boden stürze. Ich höre sie etwas rufen und sehe dann das Weiße ihres Kleides ein paar Meter unter mir. Ich werfe meine Sachen hinunter in die Dunkelheit und klettere ihr nach, verliere den Halt, rutsche ab und lande neben ihr. Ich sehe fast nichts mehr, sie packt meine Hand und zieht mich kriechend mit sich vorwärts in eine Höhle. Meine Hände und Füße brennen vor Schmerzen, ich muss mir beim Klettern und Stürzen die Haut aufgerissen haben. Mein Kopf stößt heftig an einen Felsen, ich schreie auf, aber ihre Hand lässt nicht locker, zerrt mich weiter. Nun ist es völlig dunkel um uns herum, wieder pralle ich mit dem Kopf an etwas Hartes, mir wird schwindelig, schwer atmend bleibe ich liegen. Der Lärm des Hubschraubers ist nach wie vor ohrenbetäubend. Samira bringt ihren Mund dicht an mein Ohr und sagt:

„Are you ready to fight?"

Ich brülle viel zu laut: „Fight? How?!"

„I don't know!"

„Who are those people? – I can't fight! I'm naked, I have no..."

So lange dauert es, bis ich realisiere, dass Samira gerade meinem Bild von ihr einen letzten, vielleicht endgültigen Schlag versetzt hat.

„You speak ENGLISH???"

„Sometimes."

"But why ..."

„Be quiet!"

Der Hubschrauber muss gelandet sein, ich höre lautes, wütendes Rufen von Männern. Ich liege nackt, schwer angeschlagen in einer schwarzen Wüstenhöhle, zittere vor Furcht und Kälte, in meinem Kopf überschlagen sich die widersprüchlichsten Informationen, neben mir, ebenfalls nackt und schutzlos, Samira, und irgendwo dort oben laufen zornige Männer herrum, die es auf uns abgesehen haben. „Who ARE they!?", flüstere ich.

„Police", kommt es ebenso zurück.

„What do they want?"

„Be quiet!"

Plötzlich der Lichtstrahl einer Taschenlampe, der von oben in unseren Felsspalt schneidet. Er streift überall entlang, wir halten den Atem an. Bis zu uns dringt er nicht vor. Dann ist es wieder dunkel.

Wie lange wir so liegen weiß ich nicht, es kommt mir vor wie eine Ewigkeit. Irgendwann hört das Rufen auf, das Hubschraubergeräusch wird erst lauter und dann immer leiser, sie müssen weggeflogen sein.

Als es ganz still ist, fragt mich Samira: „Are you ready to fight?"

VIII

In den Stunden, in denen wir in unserer Höhle, notdürftig wieder angekleidet, dicht aneinandergedrängt und
trotzdem schlotternd, den Sonnenaufgang abwarten,
berichtet mir Samira von ihrem Leben. Meinem immer
wieder geäußerten Unglauben lässt sie keinen Raum,
Nachfragen übergeht sie, es quillt aus ihr heraus wie
lange vorbereitet:

Natürlich spricht sie Arabisch und eben auch Englisch. Sie hat Schulen besucht. Sie gehört durch Geburt
einer kleinen Gemeinschaft von Anhängern des alten
ägyptischen Glaubens an, der sich, wie ein dünnes, aber
stetes Rinnsal durch die Jahrhunderte, von der Öffent-
lichkeit völlig unbemerkt, erhalten hat. Diese kultische
Gemeinschaft hat Christianisierung, Islamisierung,
Konsumisierung und Verfolgung durch Behörden über-
lebt. Sie bedient sich, wie sonst nur noch die Liturgie
der koptischen Kirche, der alten Sprache. Samiras Aufgabe ist es, die Kraft der Göttin Hathor zu bewahren.
Schon als sie fünfzehn war, warb der vier Jahre ältere
Ahmed um sie. Er kommt aus der gehobenen Kairoer
Gesellschaft, ist Muslim, jetzt ein hohes Tier im Innen-
ministerium, damals mit hündischer Ergebenheit in sie
verliebt. Für sie als heimliche „Heidin" war eine Ehe
mit ihm ausgeschlossen. Die Göttin, der sie sich ver-

schrieben hatte, verlangte anderes. (Was das war, will sie nicht genauer benennen, wie sie überhaupt meinen Fragen nach der spirituellen Ausrichtung ihrer Gruppe noch entschiedener ausweicht als allen anderen. „You have already seen everything that counts", sagt sie dazu nur und fährt ungebremst mit ihrer Erzählung fort.) Sie ließ den ungewollten, ungeliebten Bewerber durch ihre Eltern abweisen, arme Leute im Verhältnis zu ihrem vermögenden Freier. Tief gekränkt wandte er sich ab, blieb Junggeselle und widmete sein Leben dem Schmerz, sie nicht haben zu können sowie einer steilen Karriere im Polizeiapparat bis hinauf ins Ministerium.

Sie heiratete einen anderen, einen Mann aus ihrem Kreis. Mit ihm hat sie eine Tochter, Fadiyah, jetzt 10 Jahre alt. Der Mann ist tot, gestorben bei einem verdächtigen Unfall. Seither sorgt Ahmed für sie. Dass sie das zugelassen hat, sagt sie, war der größte Fehler ihres Lebens und doch unumgänglich. Als Freund, als Beschützer, als Wohltäter hatte Ahmed sich ihr nach ihrem Verlust genähert. Und sie bedurfte der Freundschaft, sie bedurfte des Schutzes und der Wohltat. – Natürlich wusste er, welchem obskuren, verbotenen Kult Samira und ihre Familie anhingen. Vielgötterei, Vielmännerei, schauerliche Sexualriten ... seiner Behörde waren die Umtriebe dieser „gefährlichen Sekte" durchaus bekannt. Er hielt die Hand über sie, er ermöglichte der mittellosen Witwe und Mutter ein gutes Leben, für das sie zunächst mit nichts außer einer Portion Stolz zu bezahlen hatte. Sie erfüllte weiter ihre religiösen Pflichten als Hathor-Adeptin (oder Priesterin, so genau will sie sich nicht festlegen). Bis Ahmed endlich doch begann, Gegenleistungen zu fordern. Immer häufiger gerieten sie in Streit, er wurde handgreiflich und bedrohte schließlich sogar ihr Leben, wenn sie sich weiterhin weigern sollte, ihn zu heiraten.

Sie hat alles, auch ihr Kind, zurückgelassen und sich an den Ort geflüchtet, den ich später mit ihr teilte. Dort, in der Nähe des Tempels „ihrer" Göttin, hat sie sich ein Leben in Schmerz aber Freiheit geschaffen. Und dann mich gefunden. Schon durch viele Inkarnationen seien wir verbunden, erklärt sie mir. (Die Annahme der Wiedergeburt scheint also Teil ihres Glaubens zu sein; meine Kenntnisse der pharaonischen Religion sind wie gesagt schmal, aber da ich selber davon überzeugt bin, dass wir ungezählte Male wiederkehren, habe ich mich mit der Verbreitung dieses Gedankens in den verschiedenen Kulturen ein wenig beschäftigt; im Zusammenhang mit dem alten Ägypten ist er mir allerdings nie begegnet ...) Wir seien vom Schicksal legiert wie zwei Metalle und diesmal sei es Zeit, sehr alte Schulden aufzulösen.

„I have recognised you in the first moment!", sagt sie.

Ich erwähne nicht die Träume, die ich von ihr hatte.

„And what was that police-raid all about?", will ich wissen.

„That was him. That was Ahmed. He has found me. I can't stay here."

Der Morgen graut. Steif vor Kälte kriechen wir aus unserem Versteck und klettern aus der Felsspalte auf die Hochebene, die toter als tot daliegt. Der Himmel ist von einer gleichmäßigen Wolkenschicht bedeckt und alles, auch die gestern so präsenten Ruinen, sind konturlos. Mein Körper schmerzt, ich habe Durst und Hunger und ich habe Angst. Wir humpeln zu der Feuerstelle, an der wir vor dem Überfall gelagert hatten, und wo ich kurz davor gewesen sein muss, in die nächste Stufe eines uralten Liebesrituals eingeführt zu werden. Unsere Sachen sind durcheinander geworfen, die Wasserflaschen leer, mein Rucksack aufgeschlitzt, sein Inhalt weit verstreut. Seit Wochen habe ich nicht daran gedacht, aber jetzt kontrolliere ich als erstes, ob meine Brieftasche mit dem Pass, den Kreditkarten und den anderen Papieren noch in dem Geheimfach mit dem verborgenen Reißverschluss ist. Ich atme erleichtert auf. Die haben sie nicht gefunden. Samira will die Flickenteppiche zusammenrollen, lässt angewidert davon ab und ruft:

„They have pissed on them!"

Und fängt an zu weinen. Als wäre diese tierhafte Geste der missachtenden Markierung schlimmer als alles andere, bricht sie zusammen, stammelt, schluchzt und schlägt, wie im Entsetzen über den Tod eines geliebten Menschen, mit den flachen Händen immer wieder auf den steinigen Boden.

Und plötzlich weiß ich, was zu tun ist. Mein Körper strafft sich und wird mit einem Schlag ganz warm, ich atme wieder frei. Es wird einen Ausgleich geben für meine Rettung. „I will get you out of here. I will take you back to Germany."

Das größte Problem werden die Ziegen sein. Wir müssen die elf Geißen und den Bock mitnehmen und in die Nähe von Menschen bringen, bevor wir sie sich selbst überlassen können. Ansonsten brauchen wir nur Wasser- und Nahrungsvorrat auf unserer Flucht. Wir werden uns nachts bewegen. Fünf bis sechs Tage wird es dauern, bis wir die Ostküste erreichen. Dort werde ich versuchen, ihr einen falschen Pass zu besorgen, am besten einen deutschen, noch besser mit meinem Namen, als meine Ehefrau. Wenn mir das in Sharm-el-Sheikh nicht gelingt, müssen wir sie, wegen der strengen Kontrollen nicht nur auf Inlandsflügen, sondern auch im Straßennetz Ägyptens, heimlich nach Kairo schaffen; Ahmed ist mächtig genug, ihren Namen ganz oben auf die Fahndungslisten setzen zu lassen. Denn nach Kairo müssen wir. Fadiyah lebt dort und noch einmal wird Samira sie nicht zurücklassen. Auch Fadiyah wird also einen Pass brauchen; ich werde tief in die Unterwelt des Landes tauchen und noch tiefer in die Tasche greifen müssen. Ich werde nicht nur als von den Toten Auferstandener, sondern auch in Begleitung einer frischerworbenen Familie nach Hause zurückkehren. - Das jedenfalls ist der Plan, den wir auf unserem Rückweg zu Samiras Lager entwickeln. Vielleicht sind es doch nicht die Ziegen, die das größte Problem darstellen.

Erschöpft und völlig ausgedörrt treffen wir ein. Wir essen und trinken. Samira wäscht sich an der Quelle die Bemalung vom Leib, reißt ihre Behausung ab, dann den Ziegenpferch, versucht auch sonst so gut wie möglich, alle Spuren ihrer Anwesenheit zu verwischen. Ich reinige meine verkrusteten Schürfwunden, fülle alle verfügbaren Flaschen mit Wasser, repariere notdürftig meinen Rucksack. Es zerreißt mir das Herz, von hier fortzugehen. So unwahrscheinlich der Ort selbst und alles, was ich hier erlebt habe, auch sein mag, so sehr bin ich doch Teil von ihm geworden und er ein Teil von mir. Bis gestern früh noch lebte ich hier einfach von Tag zu Tag, von Stunde zu Stunde, von Moment zu Moment. Etwas ist geschehen. Ich hab im Sturzregen mit Samira geschlafen und seither ist alles anders. Das Paradies speit mich aus.

Erst als der immer noch fast volle Mond aufgeht, machen wir uns auf den Weg. Am Anfang geht es wegen unserer meckernden Schützlinge nur langsam voran. Zwar kennen sie den Weg hinunter durch den Wadi bei Tag, jetzt aber, im bleichen Licht des Mondes, wollen sie ihn nicht gehen, drängen sich dicht aneinander, behindern sich und uns. Wir brauchen Stunden, bis wir dorthin kommen, wo das Tal breiter und schließlich flach wird, weitere Stunden bis wir die Stelle passieren, wo ich rechts oben den Platz auf der Düne vermute, an dem ich mich zum Sterben hingelegt hatte, und erst als der Mond schon untergegangen ist und die Sterne zu verblassen beginnen, treibt Samira die Tiere nicht mehr an, bindet dem Bock die Vorderbeine zusammen und spricht auf ihn und seine verängstigten Geißen ein. – Ich kann hier nirgends Anzeichen menschlichen Lebens erkennen, frage aber nicht nach. Ich sehe Tränen in Samiras Augen glänzen, als wir die Herde zurücklassen und uns mit raschen Schritten nach Osten wenden, der nächsten bizarren Bergkette und der Sonne entgegen, deren Erscheinen sich dahinter schon ankündigt.

Bei ihren ersten Strahlen verkriechen wir uns weitab von jedem Pfad im Schatten eines großen Felsens. Er leuchtet in Rot- und Gelbtönen, seine durch Erosion modellierte Gestalt sieht mit dem kühnen Schwung ihrer Adern, Schichten, Durchbrüche aus wie eine fremde Lebensform. Seit zwei Tagen und zwei Nächten bin ich wach und finde doch nicht in den Schlaf.

Gesine fällt mir ein. Das überrascht mich nicht, denn sie ist – ob ich will oder nicht – eigentlich immer bei mir und weniges geschieht, von dem ich nicht in Gedanken mit ihr spreche. Gesine, die kämpferisch die Meinung vertrat, dass Meinungen der geistigen Höherentwicklung im Wege stünden und deshalb von Übel seien, zugleich aber verkannte, wie bedenkenlos sie ihren eigenen Meinungen und Urteile vorbrachte und wie sehr sie das genoss. Wie sie nicht müde wurde, über die Clownerien zu lachen, mit denen ich sie leidenschaftlich gerne unterhielt. Wie ihr beim Sex manchmal buchstäblich Hören und Sehen verging. Die Wärme ihres Lächelns am Morgen. Die phantasievollen Kosenamen, die wir uns gaben.

Und unsere Hochzeitsreise an den Gardasee. Welcher unfreundliche Geist uns dorthin geführt hat weiß ich nicht. Wahrscheinlich derselbe, der schon das verunglückte Hochzeitsfest ausgerichtet hatte. Die ganze Ehe muss ihm ein Gräuel gewesen sein. In der zweiten Nacht in unserer bodenkachelsterilen Ferienwohnung zu Füßen einer bedrohlich schweren, steilen Felswand warf sie mir den Ehering hin. Ich hatte sie, getrieben von sagenhaftem Zorn wegen eines bestimmten Gastes auf unserer Feier, so weit in die Enge gedrängt, dass sie sich nicht anders zu helfen wusste. Natürlich waren wir betrunken. – Ich führte morgens den Hund spazieren, er wälzte sich mit seinem ganzen Körper in einem Riesenhaufen Scheiße, im nahen Flüsschen wusch ich sie ihm mühsam, mit dem Erbrechen kämpfend, aus Fell und Halsband. – Ich mietete ein Surfbrett mit viel zu großem Segel. Weil es Jahre her gewesen war, seit ich zuletzt gesurft hatte, fiel mir das Segel in dem starken Wind ständig ins Wasser und schon nach kurzem war ich vom Wiederrausziehen so erschöpft, dass ich nur mit Mühe das Ufer erreichte und kaum die Ausrüstung zurücktragen konnte. Noch lange zitterte ich vor Anstrengung. Gesine schien es nicht schlimm zu finden, dass ich so eine klägliche Figur machte. Ich aber fühlte, dass ich sie schon verloren hatte.

So vieles hält man, während es geschieht, nicht für möglich. Es darf nicht möglich, geschweige wirklich sein. Man empfindet ein großes „Falsch", setzt aber alles daran, seinen Anblick zu meiden. Die Kindersehnsucht nach einfach vom Himmel strömender Harmonie ist größer als die Bereitschaft, aus dem Säurebad des Enttäuschtseins auszusteigen, die Dinge beim Namen zu nennen und sie zu ändern. Dazu ist man viel zu gerne enttäuscht! – Oder auch umgekehrt: Die Harmonie will sich von selbst nicht einstellen? Wir zwingen sie herbei! Erst ekstatisch, dann immer verbissener schwingen wir das Weihrauchfass der Liebe! Wir geben uns her, wir opfern uns auf, denn darin bestünde, so glauben wir, die Liebe. Auf diesem nahrhaften Gewebe wächst wie ein Geschwür die Wut.

Wir hatten uns, als folgten wir einem Plan, den Himmel verbaut, Gesine und ich. Und natürlich war genau das der Vorwurf, den wir uns gegenseitig machten: „Du liebst mich nicht so wie ich dich" und „Du stehst nicht zu mir" sind die Münzen, mit denen auf diesem Spieltisch gesetzt wird. Ihr Vorrat ist unerschöpflich, trotzdem ist das Risiko des Verlusts enorm und ein möglicher Gewinn sehr problematisch. - Wir waren verliebt in unsere Wut, wir waren verliebt in unsere Enttäuschung. Mit ihnen meinten wir, das Feuer der Leidenschaft nähren zu müssen. So fühlen und denken Süchtige. Gibt es von dieser Sucht Entwöhnung? Gibt es einen Vorstoß ins „Reich der wahren Liebe"? Und wie müsste man dafür ausgerüstet sein?

Wahrscheinlich stehen die Chancen am besten, wenn man möglichst wenig bei sich führt ...

Samira führt eine ganze Menge bei sich. Mit scheußlichem Getöse ist diese Last am Hathor-Tempel niedergegangen.

Frauen scheinen mir manchmal so fremdartig, dass ich mich frage, ob sie wirklich essen und verdauen müssen wie wir Männer, Lust und Unlust erleben wie wir, ob das, was wir Denken nennen, bei ihnen nicht etwas völlig anderes und ob nicht alle scheinbaren Ähnlichkeit von Mann und Frau nur eine Maskerade ist, von beiden aufgeführt um nicht in den Abgrund von Fremdheit blicken zu müssen, der sich zwischen ihnen auftut. Ich weiß nicht, warum Ahmed sie mit solcher Gewalt verfolgt. Ich weiß nicht, wie er sie gefunden hat, ausgerechnet dort, ausgerechnet in dieser Nacht. Ich weiß nicht, was es mit der Glaubensrtradition auf sich hat, der sie angehört. Ich weiß nicht, wie sie mich geheilt hat. Ich weiß nicht, warum sie sechs Wochen mit mir gelebt und nie Englisch gesprochen hat. Ich weiß nicht, ob sie mich auch in anderen Dingen täuscht.

Aber ich? Bin ich nicht neugeboren? Ein unbeschriebenes Blatt? Ein Lied mit einer völlig unerwarteten letzten Strophe? Wer oder was sollte mich jetzt noch zwingen? Habe ich nicht mein Gepäck schon abgelegt und stehe da, frei, zu leben, frei, zu sterben? – Das ist doch der einzig mögliche Schluss aus allem, oder nicht?

Irgendwann muss ich doch eingeschlafen sein im Schatten dieses vorzeitlichen Sandsteintiers. Ich hatte einen intensiven Traum, kann mich aber nicht daran erinnern. Es ist Abend, bald wird es dunkel. Wir müssen weiter.

Die dritte Nacht. Es ist mir unbegreiflich, wie Samira sich orientiert. Wenn sie sich orientiert und nicht nur einfach nach Gefühl drauflos läuft. Jede Nacht geht der abnehmende Mond eine Stunde später auf. Die Zeit, in der wir sehen können, wohin wir treten, wird immer kürzer. Das ist in diesem Gelände schlimm. Es geht über hohe, windgepeitschte Pässe und weite Sandflächen, die dicht mit scharfkantigen Steinen übersät sind. Wir klettern Wadis empor und steile Abbrüche hinunter. Die glutheißen Tage verbringen wir im Schatten dämmernd in irgendwelchen Verstecken. Wir sprechen nicht viel. Ich sollte mich erhoben fühlen von der Reinheit und Radikalität meines Entschlusses, erregt vom Abenteuer der späten Heldenaufgabe. Stattdessen werde ich von Missmut heimgesucht. Ich komme nicht dahinter, ob sich darin Feigheit oder eine Art Hellfühlen äußert. - Vielleicht ist es auch nur Erschöpfung. Ja, ich habe mich vital und gesund gefühlt wie seit vielen, vielen Jahren nicht. Aber ich bin über Fünfzig und habe das Recht, die jetzigen Strapazen mit Ermattung zu quittieren, nein?

Vielleicht kommt meine trübe Stimmung aber am ehesten von den Träumen, die ich habe, seit wir auf der Flucht sind. An den ersten hab ich mich später doch noch erinnert, auch alle folgenden stehen klar vor mir. So wie zuvor in immer neuen Erscheinungen - als Tempelhure, als Schwester, als Kriegsgegnerin - Samira in meinen Träumen war, so sind sie jetzt, in dem heißen, unruhigen Schlaf der Tage, bevölkert von kriegerisch gestimmten Männern. Meist sind es Gegner, manchmal auch Mentoren oder Mitstreiter. Immer geht es um Kampf, oft um Leben und Tod. Was mich erschreckt, ist der Genuss, den mir das Kämpfen bereitet. In meiner Jugend und auch viel später noch wollte ich ein Friedensbringer sein, ich wollte die andere Wange hinhalten, ich war angetreten, das Gesetz des Krieges außer Kraft zu setzen. Da kannte ich das Gesetz des Krieges noch nicht.

IX

Die Wüste ist weiblich, sanft und vergebend? Nein, sie ist schrecklich, fordernd und rachsüchtig. Wie ein übereifrig blankgeriebener Spiegel zeigt sie dir die Ödnis deiner Angstnatur. – Jedenfalls hier ist sie so, in dieser weißen Hölle aus Gipshügeln, in die wir ein paar Stunden nach Mitternacht eingedrungen sind und in der wir seither stumm unter dem Halbmond mit seinem beängstigenden Hof dahintrotten. Anders als in Sand prägen sich unsere Schritte in den weißen Pudergrund bleibend und mit Schärfe ein. Bei Sonnenaufgang erklimmen wir die einzige Stelle weit und breit, die etwas Schatten verspricht, eine kleine Anhöhe zwischen zwei der grässlich nackten Gipskegel. Um uns herum, soweit das Auge reicht, nur Weiß. Unsere Vorräte gehen zur Neige. Den heutigen Tag und die nächste Nacht überstehen wir noch ohne Schwierigkeiten. Sollten wir die Küste bis dahin nicht erreicht haben, müssen wir streng haushalten. Die Sonne verwandelt unsere Umgebung schnell in ein Brennglas, das die paradoxe Eigenschaft besitzt, nirgends fokussiert zu sein, sondern seinen die Netzhaut versengenden Strahl überall gleichmäßig zu verteilen; wie ein Porträt, dessen prüfendem Blick man nicht entkommt, wo immer im Raum man sich auch aufhält. Dabei macht es kaum einen Unterschied, ob man, wie wir jetzt, im „Schatten" lagert oder nicht; das, was uns der sterile Haufen aus von der Erde ausgeworfener, blendend weißer Einsilbigkeit in unserem Rücken spendet, verdient in dieser gleißenden Landschaft den Namen Schatten nicht.

Nach Ahmeds Einbruch in das, was vielleicht eine Liebe werden sollte oder soll, hat es keine Annäherung oder gar Vereinigung zwischen mir und Samira mehr gegeben. Ich betrachte sie und sehe ihre Schönheit, versuche, mir das herrlich Spielerische unseres einzigen Liebesakts wiederzubeleben, ohne Erfolg. Noch immer ist mir das meiste an ihr rätselhaft, vieles sogar verdächtig. Aber zugleich ist ihre Seele mir durch alles, was ich seither von ihr weiß, noch näher, fast unerträglich nahe gerückt.

Ich schrecke aus einer Traumreise hoch, in der ich, ein vor Kraft strotzender Mongole, mit hunderten anderen kampfestrunkenen Reitern über die Steppe galoppierte, mein heißes Pferdchen unterm harten Sattel, das Schwert gezückt, laut schreiend vor Freude auf die bevorstehende Schlacht.

Inzwischen steht die Sonne senkrecht über uns. Ihr Tonnengewicht wird nur von den dünnen Wolltüchern aufgefangen, unter denen wir liegen. Vorsichtig, um Samira nicht zu wecken, erhebe ich mich und gehe etwas abseits um zu pinkeln. Da sehe ich sie.

Ich habe noch nicht gelernt, Entfernungen hier richtig einzuschätzen, aber mehr als eine halbe Stunde können sie nicht entfernt sein. Vielleicht auch viel weniger. Den gleichmäßigen Schritt ihrer Kamele, ja ob sie überhaupt auf Kamelen reiten, kann ich von hier nur vermuten. Eigentlich sehe ich nicht mehr als zwei Punkte, die sich wie Mouches volantes, diese unausrottbaren Quälgeister der Augenlinse, auf der weißen Fläche vorwärts schieben und bald vom nächsten Hügel meinem Blick entzogen werden. „I think we're being followed!", wecke ich Samira.

Vielleicht hat sie auch nicht geschlafen, denn ohne zu zögern sagt sie: „Of course we are."

„No, I mean I've seen them, they're almost here! We have to run! Now!"

Anstelle einer Antwort flüstert Samira meinen Namen, zieht mich zu sich heran und küsst mich. Widerstrebend entziehe ich mich ihrer Umarmung. „Come on, Samira", sage ich mit zitternder Stimme. „We can't! We must go now!"

Sie gibt mir einen ihrer langen Blicke, prüfend, aufmunternd, und sagt schließlich: „Okay, let's go."

Wir greifen das wenige, was wir mit uns führen, hasten den Abhang hinunter und weiter in östlicher Richtung. „Why does Ahmed really want to kill you?", frage ich sie außer Atem, als wir uns wenig später dem

Rand der Gipslandschaft und einer endlos sich vor uns erstreckenden Sandebene nähern.

„It is hard to understand the purpose of evil. It seems to be in our nature. But why God has put it there? We don't know."

Ich bleibe stehen. Aber nicht um über ihre Antwort nachzudenken, sondern weil mir klar wird, dass wir unseren Verfolgern in dieser Landschaft unmöglich entkommen können. Auch sie scheint einen Gedanken zu haben und bleibt ebenfalls stehen.

„What makes you think it's them? What did you see?", fragt sie.

„I saw two camel-riders, I think."

In dem Augenblick kommen hinter einem nahe gelegenen Gipshügel die beiden Gestalten zum Vorschein, die ich aus der Ferne gesehen hatte. Sie sitzen tatsächlich auf Dromedaren. Sie tragen die hellblaue Jalabiah der Beduinen und treiben ihre Tiere mit Stockhieben und lauten Rufen zur Eile. Aber anstatt auf uns zuzuhalten, ziehen sie in kurzer Distanz vorüber, ohne uns auch nur eines Blickes zu würdigen. Rasch haben sie das Sandfeld vor uns erreicht, rasch werden sie kleiner.

„Ahmed doesn't ride camels", stellt Samira fest.

Nein, Ahmed reitet nicht auf einem Kamel, das stimmt. Er kommt in einem Auto. Schon von ferne ist die Staubfahne des Fahrzeugs zu sehen, das da auf der pistenlosen Fläche direkt auf uns zuzufahren scheint. Noch ist es nicht zu hören, aber es kommt schnell näher.

„That's him", sagt Samira und bleibt erneut stehen. Ich trinke Wasser und reiche ihr die Flasche. „How do you know?"

„I just know."

Keine fünf Minuten später ist der Polizeijeep bei uns. Hinterm Steuer sitzt ein Uniformierter, daneben ein Mann in Zivil. Die beiden Männer springen sofort heraus, der Uniformierte zieht seine Pistole, richtet sie auf mich und brüllt etwas auf Arabisch, der andere, ein wahrer Hüne mit akkurat geschnittenem Haar und Maßanzug, es muss Ahmed sein, stürmt auf Samira zu und überschüttet sie mit einem Schwall von lauten, ebenfalls arabischen Worten. Der Polizist mit der Waffe packt mich und schleudert mich gegen den Wagen, wobei er immer weiter auf mich einbrüllt. Er knallt meine Hände aufs Autodach, stößt mir mit den Füßen die Beine auseinander und versetzt mir einen heftigen Schlag in die Nieren. Für einen Augenblick knicken mir die Beine ein vor Schmerz, er zieht mich wieder hoch, packt meinen rechten Arm und reißt ihn hinter meinem Rücken nach oben. Dann lehnt er sich mit seinem vollen Gewicht von hinten auf mich, sodass ich zwischen ihm und dem Jeep eingeklemmt bin. In meinem Nacken spüre ich das Metall der Pistole. Er brüllt jetzt nicht mehr, aber ich höre seinen wütenden Atem dicht an meinem Ohr. - Aus den Augenwinkeln beobachte ich Ahmed und Samira. Was ich sehe, verwirrt mich. Der große, schwere Mann hat sich vor Samira in den Wüstensand geworfen und heult! Er schluchzt und klagt und fleht und bettelt wie ein Kind! Sie blickt auf ihn hinunter, ihr Gesicht scheint Abscheu und Mitleid auszudrücken. Sie sagt etwas. Da wird er wieder von seinem anfänglichen Zorn gepackt, er springt auf, geht auf sie los, schlägt ihr mehrmals mit voller Wucht ins Gesicht, aus ihrer aufgesprungenen Lippe quillt Blut. - Davon ist mein Bewacher für einen Moment abgelenkt und lockert seinen Griff. Als wäre ich nicht ein empfindsamer, etwas ungelenker Kunstprofessor, sondern wüsste aus langjähriger Erfahrung, was in solcher Lage zu tun ist, nutze ich den Moment und schleudere meinen Kopf nach hinten. Ich treffe seine Nase, die mit hörbarem Krachen bricht. Er schreit laut auf und greift sich ins Gesicht, ich drehe mich, kriege seine rechte Hand zu fassen und schlage sie so fest ich kann aufs Autodach, die Waffe rutscht ihm aus der Faust auf die Kühlerhaube, ich greife danach, ziele auf sein Gesicht und schreie hinüber zu den beiden anderen: „Stopp!" - Aber Ahmed ist so überwältigt von seinen Gefühlen, dass er die unerwartete Wendung nicht mitbekommen hat und auch jetzt keine Reaktion zeigt, sondern in hockender Stellung immer weiter auf die schon am Boden liegende Samira einprügelt. Ich hole aus und meine Hand mit der Pistole landet in dem bereits schmerzverzerrten dunklen Gesicht des Polizisten, der davon benommen zu Boden geht. Gerade als Ahmed zu einem neuen Hieb ansetzt, trifft der Pistolengriff auch seinen Kopf, er dreht sich wie ein angeschossener Büffel zu mir um, die Augen vor Wut und Schmerz blutunterlaufen, das Gesicht von tiefster Qual entstellt.

„Stopp!", sage ich noch einmal und richte die Waffe jetzt auf ihn. Mein Brustkorb hebt und senkt sich wie eine Riesenpumpe.

„Don't shoot him!", schreit Samira. „Don't shoot him!"

„Get up!", höre ich mich sagen. „Get up or I will shoot you!".

Und wirklich wüsste ich nichts, was mich davon abhalten könnte, diese jämmerliche, feige, brutale Elendsgestalt vor mir zu töten. Er scheint zu spüren, dass ich zu allem bereit bin und lässt die zum Schlag erhobene Hand sinken, löst sich von Samira und richtet sich schwer atmend und leicht schwankend vor mir zu seiner vollen Größe auf. Er starrt mich eine Weile fassungslos und doch mit einer Art Gattungserkennen an und fragt schließlich mit starkem Akzent: „Who are you?"

Auch Samira hat sich jetzt halb aufgerichtet und schreit mir plötzlich zu: „Behind you!"

Ich schnelle herum. Der Polizist hat sich hochgerappelt und wankt bedrohlich auf mich zu. Ich schieße. Es ist sein Hals, den ich treffe, seine ganze Gestalt wird, als wäre an ihr ein unsichtbares Seil befestigt und würde mit einem Ruck zurückgezogen, in einer jähen Drehung nach hinten und zu Boden geschleudert. Blut spritzt in einem feinen Nebel aus der Wunde wie aus einem lecken Schlauch. Es ist der erste Schuss, den ich je aus einer scharfen Waffe abgefeuert habe. Mein Herz rast so, dass mir der Schlund zu platzen droht.

„Who are you?!", wiederholt Ahmed tonlos.

Und „Don't shoot him", wiederholt Samira, als ich jetzt wieder ihren Peiniger vor der Mündung habe. Sie steht mühsam auf und kommt näher. Sie ist böse zugerichtet. Ein Auge beginnt schon zuzuschwellen, überall ist Blut. Sie sieht mich an und sagt fest: „I can't come with you. I have to face this. I will face this."

Damit legt sie eine Hand auf meine, mit der anderen nimmt sie mir, meinen Widerstand sanft überwindend, die Pistole ab. Sie zielt mit ihr auf Ahmed. Sie nickt zu dem Körper des getroffenen Polizisten. „See if he's dead."

Ich beuge mich über ihn. Nein, er ist nicht tot. Mein Schuss hat in seinem Hals einen Wundkrater hinter-lassen, aus dem in einem dünnen Rinnsal Blut fließt und in einer Lache im Sand versickert, aber eine Arterie scheine ich nicht getroffen zu haben. Er stöhnt vor Schmerzen, sein Körper zuckt in unwillkürlichen Bewegungen. Ich sage: „He needs a doctor."

Und Samira sagt: „Go now. Take the car and go away!" Immer noch bedroht sie Ahmed mit der Pistole.

„What do you mean...?"

„I said, I can't come with you. Leave enough water!"

„But you..."

„You must!"

„I have shot this man!"

„I know. That's why you must go."

„What are you going to do?"

„I am facing my destiny. I have to do this on my own."

Ich versuche ihr klarzumachen, dass das Irrsinn ist. Der Mann braucht schnell Hilfe, sonst stirbt er! Ich erinnere sie an unsere Pläne. An ihre Tochter. Ich sage ihr, dass ich sie brauche. Dass dies unmöglich das Ende unserer Geschichte sein kann. Während all dessen lässt sie Ahmed nicht aus den Augen. Der wiederum scheint uns sehr genau zu beobachten. Einmal zeigt sich etwas wie ein überlegenes Lächeln in seinem Gesicht.

„I will not leave you here alone with him!", sage ich.

„Yes you will!", sagt sie und, nach einer Pause: „You and I – it will not happen. I have to stay with Ahmed."

„You have to stay with Ahmed?!"

„Yes, with Ahmed. - Maybe next time. Next incarnation. I'm sorry."

Ich bin wie vor den Kopf geschlagen. Bezwungen und willenlos folge ich ihren Anweisungen, lege dem verletzten Polizisten seine eigenen Handschellen an, versorge mit dem Verbandszeug aus dem Wagen notdürftig seine Wunde, lade von den reichlich vorhandenen Wasserflaschen welche ab und werfe meinen Rucksack auf den Rücksitz.

„Leave Egypt as quickly as you can", sagt Samira. „Go back to your country and have a good life. You deserve it. You are a good man."

X

Ich fliege nach Hause. In einer halben Stunde geht meine Maschine. Sharm-el-Sheikh – Frankfurt direkt. Gesine wird mich abholen. Als sie vorhin am Telefon meine Stimme hörte, schrie sie vor Überraschung und Erleichterung laut auf.

Ich lasse Samira mitten in der Wüste alleine mit ihrem Misshandler und einem Schwerverletzten zurück. Ich rase mit einem gestohlenen Polizeifahrzeug in Richtung Küste, wo ich den nächsten Flug nach Deutschland nehmen und mich dem Zugriff der ägyptischen Justiz entziehen will. Ich rufe meine zweite Ex-Frau an, um einen Anker in die Welt zu werfen, die ich vor knapp zwei Monaten todgeweiht verlassen habe und in die ich jetzt als Gesunder zurückkehre. Sie sagt, sie hat nie aufgehört, für mich zu beten. Ich sitze in der Abflughalle, um mich das Tosen der Menschen. Hinter mir liegt die Stille. Nein, sie ist in mir. Ich werde leben. Im Jeep habe ich eine Plastiktüte mit Datteln gefunden. Ich habe sie mitgenommen. Über Kreta, Peloponnes und Alpen werde ich sie alle essen. Alle bis auf eine.